赵宏兴 主编

Zhongguo aiqing
sanwen jingxuan

中　国
爱情散文
精　选

内蒙古文化出版社

图书在版编目（CIP）数据

中国爱情散文精选 / 赵宏兴编著 . — 呼伦贝尔：
内蒙古文化出版社，2018.6
ISBN 978-7-5521-1517-8

Ⅰ . ①中… Ⅱ . ①赵… Ⅲ . ①散文集－中国－当代
Ⅳ . ① I267

中国版本图书馆 CIP 数据核字（2018）第 159501 号

中国爱情散文精选

赵宏兴　编著

总 策 划　丁永才　崔付建
责任编辑　丁永才
出版发行　内蒙古文化出版社
　　　　　（呼伦贝尔市海拉尔区河东新春街 4 付 3 号）
印刷装订　三河市华东印刷有限公司
开　　本　650 毫米 × 940 毫米　1/16
印　　张　14.25　字　　数　165 千
版　　次　2018 年 6 月第 1 版
印　　次　2021 年 1 月第 2 次印刷
书　　号　ISBN 978-7-5521-1517-8
定　　价　42.00 元

目录
CONTENTS

目录

美好的初恋

■

伍

娄

手机上一条微信加友请求，把我拉回到三十多年前的青春岁月。

那年，我 18 岁，高中毕业后回村当了民办教师。王萍 17 岁，高中还没毕业，顶父亲的班，成为我们村小唯一领国家工资的公办教师。村小的其他几位，包括校长，一放学就回家了，只有我和她住校。

我俩的住房是中间有道门的套间，原来是里间作仓库，外间作会议室。因为住房紧张，学校把中间的门钉死，给我俩各住一间。

王萍是公办教师，又是女同志，东西多，我让她住外面那间大的，自己住里面那间小的。

学校建在一座荒山上，没有围墙，离乡亲们的住房远，王萍的房门对着几座野坟。住了没几天，她就要跟我换房，说是夜里害怕。

换房后的第三天，我在井口洗衣服，一会儿王萍也来了。我们边洗边闲谈。洗着谈着，王萍放下手中的衣服，认真地说："你夜里睡得太早了！"

我没搞懂她的意思，怔怔地望着她。

"你睡着后，我就睡不着了，怕！"她一脸无助地说。

我不知说什么好，只是默默地洗自己的衣服。洗完后，提起水桶就走。走出四五步远，回头对她说："以后我晚些睡。"

从此，我要等她熄灯一阵后，才上床睡觉。

然而，她每天都睡得很晚，我坚持一段时间，就有些熬不住了。一天，我见她在井口洗衣服，便提着桶子去打水，顺便问她："你晚上做什么，睡得那么晚？"

王萍说："天气转凉了，我在给弟弟赶毛衣。"

我们几个都是在家吃饭，只有王萍在学校开伙。我母亲打豆腐卖，隔三岔五地要我带些豆腐或蔬菜给她。王萍开始还讲些客气，后来便很习惯地接受了，但周末返校，她时常买些糖果回敬我父母。

一个星期日的傍晚，王萍提着一袋雪梨来我家。她悄悄地把雪梨放在餐桌上，问我有空去学校帮下忙吗？母亲正在选黄豆，接腔说："他没事，你们去吧。"

路上，王萍说，钥匙锁屋里了，要我帮她弄开门。

到学校后，我撬开两间房之间门上的窗户，脱了外衣，从我这边爬进她房里。可是，当我沿着她那边的门板下滑时，棉毛裤被钉子挂住，撕开一尺多长的口子，大腿上划出一道几寸长的血痕。

王萍进屋来看到我的烂裤和腿伤，把我按在凳上，从抽屉里拿出棉签和红汞水，一边给我细细地涂抹，一边自语道："幸好只划伤表皮。"

涂好药水后，王萍要我去间壁换下裤子给她补。我不肯，说改天回家给娘补。她说:"那好,跟你娘说得清?还以为干什么了!"

听她这么说,我回自己房间换下裤子给她,便向门外走去。王萍问我去哪里。我说:"去找个石子把户窗钉上。"

"腿都伤了,还爬上爬下?伤好了再钉!"她说得很坚决。

可是,过了好长时间,我都没记起钉窗户。那天,我有事问她,抬头对着她那边说话时,看到洞开的窗户,心里陡然一惊。问完事后,我补充道:"真不好意思,这么久没记起钉窗户!"

她在那边呵呵笑道:"还以为你故意忘记的。"

"真的是没记起了!"说着,我拔开两腿,回家拿钉锤去。

转眼即将一个学年。这一年里,为了王萍能睡好,我晚上基本没睡什么,整夜读书学习,客观上提高了自己的学业。王萍起初并不知道,偶尔半夜醒来,见我这边还亮着灯,问我怎么还没睡,我说也是刚刚醒来。可是次数多了,她便起了疑心,发现我读了很多书,白天又很贪睡,知道我为她在牺牲自己的睡眠。她对我的关心也日渐增多了。

暑假里,我参加了民转公考试,以优异的成绩,顺利地转成公办教师。

这以后,对我和王萍的议论更多了,我娘也问起我是不是跟小王老师有那个意思。

我说:"人家还小,我也没老。再说,有没有意思要看人家。"

我娘不再说什么,但给王萍带豆腐带得更勤了。

王萍呢,大概也听到些什么了,表面跟我保持着距离,私下里却越走越近。以前,她晚上不出门,解手都是把马桶放在教室门角落里解决。现在,她便是敲我的门,要我把她送女厕所的蹲位上,再退回门口，关了电筒，等她解完穿好裤子，再开亮电筒照着她出来。我家有人的时候，她不去我家，瞅着他们做工去了，好几次跟我回去炒剩饭填肚子。一次，我家锅盖上有堆饴糖般的鸡粪，她也不赚脏，将锅盖洗刷得干干净净。看到这个场景，我心头一热，觉得这就是与我过日子的女人。

也是那天晚上，我正在改作业，只听见那边哗哗水响。我猜测是她在洗澡。间门上的户窗，我们谁也没去用报纸糊上，劣质的门板上有几条小缝，可以洞察对方房间的风云变幻。以往，我总是用为人师表的律条约束自己做一个高尚的人，从未动过窥探的念头。而此时，情窦初开的我，有些六神无主了，甚至想去门缝边偷窥，哪怕一眼也好。但是，一个声音立马响起：不能啊，那是卑鄙的行为，也是对王萍的不尊重。为了防止自己做出愚蠢的举动，我干脆走出门，到操场上去了。

我和王萍虽然手都没牵过，但应该是进入了相恋的境界，周末她回家了，我总是盼着她早点回来。她呢，也喜欢跟我粘在一起，经常把我叫过去，分享小说的情节，探讨教学中的问题。她去洗衣服时，不时把我换下的衣服一并洗了。而她用的水，烧的煤，也全由我代劳了。

这些细微的变化，连我们的学生都看得出来，并且受到了影响。我的班级比她的高一年级，以前我的学生常常欺负她的学生。现在，这样的情况也基本没有了。

我们关系日益亲密，她家父母却着急了。第三学年临放暑假前，学区范主任来了，校长把王萍叫了去。我知道范主任是王萍爸爸的学生，他来，肯定有王萍的好消息。

可是，范主任是黑着脸离开的，王萍则低着头，闷闷不乐地回到自己房间，把房门锁上了。我在隔壁问她有什么好消息，她在那边说："鬼好消息！"我问她是什么事，她说了声不关我的事，就不再搭理我了。

第二天，她妈妈来了。母女寒暄几句后，只听见她妈轻轻地问："他在那边吗？"

"在又怎么样，不在又怎么样？！"声音很大，这是王萍的。

"哈妹子，妈有话要跟你说，别人听见不好。"王妈的声音压得更低了。

"不在，你说吧！"

"范主任看你爸的面子，调你去中心小学，为什么不去？还把范主任呛一鼻子灰？"王妈的音量放大了，而我在这边，像做贼一样，大气都不敢出。

"我水平不行，去那里吃不消。"

"范主任说，你课上得好，水平不比中心小学老师低。"

"可是，这都是因为他的指导。"王萍说的"他"，应该是指我。我正感动着，那边却传来了王妈恶狠狠的声音：

"他他他，跟你什么关系？"

"同事关系！怎么样了？"

"同事关系？还有呢？"

"他住那边，我住这边。邻居关系，你不知道？"

王妈见女儿越说越冲，便语气和缓地说："莫哈了，妹子。中心小学条件比这里好到哪里去了。那里房子宽，我和你爸也可以来，你爸还可以辅导你。"

"妈，你们就别瞎操心了，反正我不会去的！"

"你怎么这样缺心少肺，他爷娘都是啃泥巴的，有哪点好？上回范主任给你介绍张局长的崽，你面都不肯见，还说人家拿你去讨好领导。你有几斤几两，我的祖宗哎——"王妈说到这里，又是拍手板，又是顿脚板。

王萍不再吭声，王妈大概也气得说不出话，那边死一般地静。而我呢，脑子里突然灌满糨糊一样，她娘俩后来还说没说什么，一点也不清楚了。

接下来又是暑假。假期快结束时，我被通知调往全乡最偏远的村小。

新的学期开学没多久，我收到一封寄自省教育电视台的信件，拆开一看，竟然是王萍写来的。她说，在省教育厅当处长的大哥，把她调省城了，办手续前，她要大哥写下三年内把我调去的保证……

可是，很快又收到她的第二封信，在信中，她伤心地说："大哥在我调去不到一个月，就患肝癌去世了。我们全家沉浸在无比的伤痛之中。这一切都是天意，我们忘了吧！"

从此，我和王萍再没有联系。

……

三十多年过去了。现在，突然收到加友信息，自称"三年人相邻，卅年心相邻"。

我知道是她。我默默地凝视着手机屏幕，暗了，点亮，又暗了，又点亮……

选自《湖南散文》2017 年第 2 期

啊，我记得

骆以军

　　我只是想问你：如何处理、过渡那些情人离弃而去的伤痛时光？如何过渡过去？像年轻时躲在单人宿舍咬自己的十指指端，告诉自己：你是最美的，啊，好乖，别去死，你的灵魂最美了。我只是想问：如何在人群中强颜欢笑，摆出最起码的庄重姿态，不致被嗅出：啊，他是个不再被爱之人，他是个不幸之人。如同那些经历婚姻风暴的艳丽女人，她们的容颜依旧，举手投足仍然倨傲且性感。但人们就是知道：像一块浓郁奶酪在她们灵魂里发酸发臭了。人们不再趋之若鹜，如从前那样甜蜜阿谀，为之神魂颠倒。人们闻得出来，像被骗的豹子，虽然腰腹的曲线依旧剽健，肩背上的花纹依旧斑斓耀眼。她们对于自己魅力的下滑感到迷惑：是否不慎恍神而口吃？是否曾说过的笑话又重复说了一次？是否被人闻到了打嗝的腐味？是否年纪的关系？……

其实不是。人们闻见了（其实她们自己也闻见了）失爱之人的悲伤臭味，那像早已被扔进垃圾桶的萎谢野姜花，然而花瓶里的水仍醚晃着一种浴缸排水孔皂垢积淤，记忆中该是香但又分明让人作呕的淡淡气味。失爱之人如丧家之犬。

我曾记下许多自己的愚行，只为博君一粲。譬如大学时考文字学，我把一双白色球鞋上抄满密密麻麻的声母韵母细字，远远看去变成一双深蓝色球鞋。譬如有一次期中考词曲选，我预先在清晨五点钻进空无一人的校园，占住十点考试那堂教室最后一排座位刻钢板。刻着刻着却趴在桌上睡着了。醒来时发现自己坐在一整教室哲学系家伙之中，成为唯一的陌生人。

梦里花落知多少。

我曾经……我曾经是男孩之中最会说笑话的那个。我曾经是最善于倾听的那个。我是藏身于诸多征逐者中唯一理解你的敏感害羞，或正好相反你对自己缺乏热情的深深厌弃，而不粗鲁造次的那个……生命中最大的悲恸莫过于：你悄悄紧守，像一个神秘的誓言，年轻时想象的某种美好品德，却在流光最后的揭牌时刻，证明它只是一像从鞋底脱落开口的生胶垫，被挚爱之人视若敝屣，无滋无味，啪嗒啪嗒拖在足趾裸露出的脚下。它成为赘物，却已是你过了一个年龄后甩不掉的，整个人的一部分了……

譬如忠诚。譬如不忍之心。警如讨好那些我不喜欢但你喜欢之人……

如同我屡屡提及的那篇小说：《顺风车游戏》。好胜的年轻小情侣，被自己的猜疑蒙蔽，进入一场相互折磨的扮串游戏。男孩扮演女孩想象中的那个风流浪荡子，女孩扮演她从子宫深处战栗妒恨的那些狐狸精。他们愈演愈烈，乃至回不了头。最后是女孩像一只烧歪变形的陶瓶那样啜泣："这是我啊……现在的这个真的是我啊……"

当然，我们终究发现冻结时光，让自己保持二十出头时的纯洁状态，最后受到的惩罚（这个时光之神实在也太难取悦了）便是：你失去了，失去了其他诸多种爱的形式与体验。你侮慢了他原本应允你在（有限）青春正盛时该去谦卑体验的感官冒险、激情瞬刻，或是，除了你之外的，我们后来退化的审美能力与另外的，另外的身世之诗意辩证。

爱是什么？我忍不住想问。

我们像被困在一艘航行于灰色大海船上的怨偶。我们的眼睛盯着各自身旁的舷窗，看着各自的海景。我总在偷瞄你美丽的侧脸，猜臆你究竟看见了什么，你看见的可是我看见的？飞鱼在银光粼粼的海面翻跳，那像我们童年时塞在水果礼盒里的亮片纸丝，或像哗哗捏皱的金色玻璃纸。我们可曾同时看见那只年老的雄海豹孤独地在海浪撞击中泅泳？

一个老友对我说起他被情人遗弃的低落日子里，独自一人跑去东北角某处海滨岬角下潜泳，他没如其他潜泳客携着氧气瓶，只穿一条泳裤戴着蛙镜便钻进两三楼层高度落差的海底。他每含一口气，便支撑着下潜，心醉神迷于海下缓坡上款款摇摆的水草和伸手可触的妖黄艳蓝小丑鱼或蝴蝶鱼。他说那像一个吸毒后的极乐世界。周身摇晃着白银般的波光，无比自由，无比孤独。据说葬身海底的潜水员，脸上都带着幸福的微笑。在口中那口气将要用尽，急速朝头顶上的亮光踢腿上升时，感觉胸腔的压迫，鼻内的酸楚，乃至将整个人包裹住，逆着颧骨滑过的海水，都像是自己想象中呜咽哭泣这个动作的无限放大。他说他这样来来回回、上上下下于水面和海底，像疯子一样孤独表演着变脸：到达海底时微笑，氧气用尽，上升的哭泣。模仿着大海的双重性格，如果天顶偶尔一阵乌云遮蔽太阳，水面下的世界则变得阴沉而残酷。天色渐暗的涨潮时分，原先缓坡上那些发光的水草，魔术道具般的礁岩热带鱼全部被灰浊的潮流打散。在那个缓坡的尽头，是一个陡降下去，黑漆不见光的深海沟。他说那无法想象的幽冥深处真是个诱惑，可惜嘴里含的空气总只够他站在那边界观望不到十秒，又得快速向上折返回原来的世界。

我最好的时光已经过去了。

那个神秘的幸福时刻在经历当时，便如沙金从掌缝漏去，让人痛惜号啕。那个诅咒是：这之后的余生，我将活在——暗影从四面幢竖，再也不可能出现如此美好经验的世界了。如同原本如妖似幻的灯控打光被捻熄。女小说家说："宝变为石。"或如一些描述过的方式：天人五衰。嗅不见香花，眼珠混浊再不见宝石火光，听不见仙乐缭绕，五脏六腑发出恶臭，花瓣般的容颜萎谢凋零。有一次，一位长辈替我测字，我写了个"错"字，心里想着你。他半真半假地说："黄金昔时。再也无法追回曾经有过的美好感觉了。"

游园

■

张
好
好

1

白菜要斜斜地削，到了帮子那里打成薄片，醋熘出来才好吃，最后一定勾点芡。

十二年前他在窄长的厨房间里给她演示一道好吃白菜的诞生。那时候她就在心里暗暗问自己，当真会因为爱一个人而喜欢家常日子？消磨，日复一日，百变不离其宗，爱这个字就像固定在白墙上的一个活着的蝴蝶？她在思考的时候，或者其实就是下断定的时候，看起来沉静温柔，像是迷落在爱的海洋里。但其实不是。她了解自己。

那天白天里他们去了大觉寺，春寒风凉，他用手机给她拍照，有一长排原木雕花门窗，他请路人给他俩照了张合影。后来她在电脑上翻看照片，看见一棵玉兰树，她在树下，眯着眼睛，灰色格子围巾把她打理得温暖而齐整，巴布瑞的，她虽然常年帮助流浪的小动物，但是喜欢很好的东西，哪怕很少。旁边是一堵白墙，她的影子和他的影子都在上面。他的个子高，给她照相就要蹲着膝，她娇小极了，短头发的发梢那里略略烫了一下，扫着脸颊，五官也小，鼻子几乎没有鼻梁，很亚洲式的波澜不惊，一个手掌就可以轻松掠过去。只下巴出其不意地向前翘一点儿，调皮和聪明都藏在了里面。

这是他的情话里的一句。略略有点肉麻。当她感觉肉麻的时候会很吃惊。她深知真正的相爱不会有排异反应。

他们交往了三年多。说是荷尔蒙支撑的感情最多八个月。那么他们除了荷尔蒙，还多出来了些认同、友情、亲切、义气、信任、默契、倾诉与分担的向往。她记得有一个夏天，中午，她在地板上铺了个毛巾被就睡下了。他打电话过来，很庄重，这是她后来明白过来的——很正式的一个问题。他问，"你爱过我吗？"她略略迟疑了一下，大约有五秒钟，但不能再长了。她说，"爱的"。她不说爱过，仿佛一说就成了过去式。她也没有说"当然"这两个字。他并没有什么事情要说。他又问了一句，"如果有一天我提出结婚你会愿意吗？"她依然用了五秒钟的思索——其实没有什么可以思索的，她说，"愿意的"。

这是他们最后的一个电话。之后他就消失了。她在开始的日子里偶尔会拿起寂静的手机看一下。但是一直都是寂静。五六年七八年就这么寂静地过去了。她有时会想，拨个电话过去是多么简单的一件事。但是她也对自己说，我的心并没有这个愿望。

2

　　她在那之后常常做醋熘白菜这道菜。斜斜地削，帮子打成薄片。这一天，她的食指指甲削去了一小半。双立人的刀极其锋利。她突兀地看见了那个"血涌出之前的断面"，惊叹人其实就是一个灌注着血液的物质体。她用许多的餐巾纸裹住食指，血依然兴奋地洇透餐巾纸。手机这时候滴的一声来了短信。

　　也许她根本就不具备作为一个女性应该拥有的致命魅力。如果有，她一定不会一个人生活这许多年，从青年到中年，未来的晚年已经启程，磨磨蹭蹭地向她走来。他已经消失很久了，用着无疾而终的一种方式，也叫戛然而止。她几乎没有思念过他。只偶尔会想起很久以前的几个片花。他们在天坛公园卖热饮的排档，坐在圈椅里，脑袋靠着脑袋，附身看相机里的拍照，他穿戴着深蓝色的羽绒服橘色的围巾浅灰的爱步鞋。他的呼吸清凉带点青草的味道。他的手指修长白皙，他注视她的眼神邈远善良，就像下一秒钟是诀别，而这一秒需要定格住，所以小心翼翼地把最好的心灵送给对方。

　　她碰翻了热橙汁的杯子，黑白小格子的羽绒服的下摆洒上了橙汁，他蹲下身用大把的餐巾纸给她擦，他的小平头洁净温暖，她伸手去抚摸了一下。他们后来去一片古老的柏树林里散步，夕阳到来，橘红一片，隆冬的太阳虽然明亮却没有温度，他们的鼻尖冻得红红的，因为这种冰冷的红，他们的内心非常快乐。她在回音壁那里伏在栏杆上仰起脸笑。他点开照片说，"你看，像个小猫咪的脸。"

　　受伤的食指短暂的麻木后开始剧烈疼痛。是他的短信，说是要来她所在的城市出差，想见一面。她一面翻抽屉找创可贴，一面给他回短信：手指被削了，待会儿说。手机很快就响起来，他在电话的那边很切近，如同十二年前初遇见时候的气息，一点儿都没有改变。他的清朗体贴的声音：去药店包扎一下吧。她的喉咙有点干滞，沉默了五秒钟，告诉他，家里有云南白药和创可贴，自己行的。这两句对话便把骤然消失的八九年的时空的峡谷填平了。

3

很知性的女人，个子不高，盘发，穿恨天高，但肯定不俗气，不然不会是著名的美人。腰条和脖颈，手臂和脚踝，柔韧的线条，淡淡的小麦色皮肤，细腻，发出珍珠的光芒，行走在他的记忆和她的想象里。那一年他三十岁整，意气风发，对爱情的要求很高，要样貌更要心灵，要正规的教育背景和清良的家世。比他小六岁的女人，命运把这个女人安置给他。他亲手在白墙上挂起油画，橱柜里有洁白金边的餐盘，南面阳台上养着花，君子兰和兰花，三角梅和铁树。

很多男人喜欢在医院工作的女人，她们专注于卫生和消毒，从心灵最锋利的内部，抵制并扫除一切不洁之物，从具象到抽象，从呼吸到呈现，无论何时何地这个女人都是浑然的洁净，一丝不苟对抗尘世中可能迎面而来的芜杂浸染。

这个女人曾经是他怀抱最全部的打开，温柔地拥入，白天的渴念和夜晚的骄傲，他甘愿认为世界从此只狭窄到他们两人的温度和呼吸，呼唤和厮磨，一个不分心的人生。

但是命运开了一个巨大的玩笑。天之骄子那样的男人，一种掌握和掌舵，胜算满满，就连他家的灯火都是最有信心力的闪耀，他在清晨和叫作妻子的女人走出家门，妻子拎着 LV 的包围着爱马仕的围巾，他的车钥匙发出滴的一声，他们是一座城市里的小康者，他们的孩子会得到最好的教育，他们在晚年的时候会有一整部优越史供他们回忆。

前妻的故事。他缓缓讲出来对她。他与她是校友，同级不同专业，在同学的婚礼上偶然相遇，然后一起去咖啡馆聊了一个下年。十二年前的她，也离异。离异的原因似乎各有各的不同。她听他娓娓道来，需要在看起来亲切的人那里倾诉出来，因为心里依然有沟壑和意难平。他自认是无辜者。

请朋友调出她的通话记录……都可以原谅，而且那个男人口碑不好，我劝她，但是她坚决离开。

她说，换作任何女人，都会选择坚定离开，既然已经如此。

她很想说的话是，你们男人不会忍受……所以不要有侥幸。尤其是要强而貌美的女人，不会选择苟且。

他其实想听见一个这样的论调，前妻经过八个月的荷尔蒙巅峰，回心转意了，心里依然是爱他的。只是为了一种难堪而坚定离婚，并不是爱那个婚外的男人爱得不行，而放弃了他。

她有点淡淡的迷惑。女人向来比男人麻烦。一个男人可以兼顾着爱两个女人，而一个女人在一个时期里只能爱一个男人，若这个爱消失了结束了，也不会回头挽回上一个爱，即使当年爱的印象深刻到突然就记起来，比如对方爱唱的一首歌，爱吃的一道菜，爱穿的某一个牌子，常说的口头禅，愉快时的表情，情绪低落时走路的姿态。但只是过去式了，哪怕前路孤独，也不会回头。

他的窄长的厨房间，他们似乎在恋爱着。她看他做一道好吃的醋熘白菜。他们面对面喝咖啡，在黄昏的光里，各自看起来都若有所思。

前妻搬出去后自己买了房，单身的生活，但是那个男人拒绝了结婚这件事，理由是她带着我们的儿子。

随之局面变得清明。他是他，他的前妻是他们的儿子的母亲，没有了旁人。前妻和他会就儿子的学业和生活互发短信。儿子的架子鼓敲得很好，是学校乐队的队长，他们父子俩周末在一起待两天，徒步或者滑雪，去书店买书，去游泳馆游泳。因为他的前妻认为儿子要多和父亲在一起，才有阳刚之气。他的前妻突然就认可了这个一直爱着她的男人是最正直而阳刚的。虽然不能在一起。

4

那三年他常常分心，以沉默来体现。会看下手机，等待一个短信。她不会落入俗套地鼓励他把失去的前妻寻找回来。她亦不会使用一种摊牌。花非花雾非雾，他们之间何尝说起过婚嫁，虽然他们相处得很好，就是最好的朋友，甚至是最好的恋人，因为相处起来几乎没有一丝一毫的紧张和防范。每次游园回来，他当即整理相片，压缩打包发到她的邮箱里。她在自己的屋子里收到这些相片，注视他和自己的笑颜，可以是极陌生的两个人，然而又是最熟稔的。她实在无法断定一种叫天长地久的东西究竟是否属于他们。

后来她在一个夏天的正午拉着窗帘在地板上午睡，接到他的电话。他说到一种模棱两可的爱和结婚。她用一种沧桑似海回头是岸的情绪放下手机。

人到中年会发现八九年过起来就是一须臾。他从火车站出口走出来，在人群里，她的眼睛已经近视得很厉害，远远地，其实根本看不清他在哪里。他走到她的面前。他们互相注视着对方。都不见老，那就是同时老去了，相对论原理。她已经学会穿紧身的淡灰连衣裙，外面搭一件黑色毛衣，黑色的短靴，一只白色玉镯。是深秋，总是下雨，世界是亮亮的褐色。

他把她从头到脚打量了，不避讳什么的。他希望她过得好。她果然过得不错，眉宇坦然的明亮和清洁。他依然是注重仪表的，鞋子一尘不染，淡蓝色的长袖衬衫，袖子半卷，米色的夹克衫搭在胳膊上。依然是小平头，她靠近一点儿，看见他的两鬓有星点的白发。

这座陌生的城市，无边的密密麻麻楼林，江河死亡，所见之景皆是人工所造，自然之景一步步被吞噬，直至今日全部沦丧。但是她活得还不错，虽然不知道将来离开这里会去哪里。他们坐上出租车，在后座上肩膀靠在一起，天地弥合，一种幻觉，就像当年去大觉寺，去天坛，都以为是永不分离的。现在这种永不分离的感觉又笼罩住她，令她做着一种抵抗，她若被虚幻控制，日后的苦楚她得自己来消化，所以她悄悄告诉自己，一个多年的老朋友来看望下而已，不要多想。

她的公寓，小巧玲珑的屋子，她也拥有一个窄长的厨房。她的食指上裹着创可贴。他把未完成的白菜做了醋熘。面对面坐下，喝咖啡，像当年在他的屋子，黄昏里他们吃过饭收拾干净厨房就喝咖啡。闲聊。说到当年学校里的这个人那个人，各自家族里的这个人那个人，他说他的前妻，她说她的前夫。说各自的孩子。说对一部电影的看法。说一种感觉，遇见过的奇异的人，一种好吃的东西。

现在他们依然遵循这种相处模式。她收养的三只流浪猫儿在他们的脚底下行走，后来就卧在他们的膝盖上入睡了。她说，那就睡吧。她听着莲蓬的水声，那个少年的身体，经历过了很多的岁月，得到的欢乐和悲伤，塑造出灵魂的样子。她给他整理床铺，抚平床单，摆正枕头，拉开台灯，床头放一杯水。他当年这么对她，夜里给她把水杯加满水，窗帘拉好，轻轻关好门。

5

因为这座城市几乎没有天然的景观了，所以她建议他们去看赤壁。文赤壁，不是火烧赤壁的那个赤壁。在黄冈。古代的黄州。苏轼在那里居住过四年零两个月。赤壁赋。她说。他点点头。她说她没有去过。一个人几乎不会去游什么园子。一个人做什么都提不起兴致，宁愿宅在家里和猫们一待一整天。

他们同时地想起多年前的大觉寺和天坛。他们一起游览过的园子，还有地坛，月坛。在天坛的那次，她的羽绒服被打翻的热橙汁弄湿。之前他们脑袋挨着脑袋看相机里的拍照。她突然向前面翻去，他表示了制止，要把相机收起来，她突然固执起来，从来没有过的。到底是看见了，他的前妻笑吟吟的，在他的屋子里，南面的阳台上，兰花开了，这果真是一个著名的美人，通身散发着凌厉的雪的气息，即使皮肤是淡淡的小麦色。

多年前，他们并没有不欢而散，也没有就那个相片说清楚一个什么事情。只是橙汁被打翻，他蹲下来给她擦衣摆，她伸出手抚了一下他的小平头。

在深秋的温吞吞的雨里，他们进入赤壁，竟然是一个园子，而不是想象中的大山大江。

园子里有一堵红色的墙，那红颜色是人工涂料的红，墙是标准的墙，绝不是天然的崖壁，那墙上庄重地写下两个字：赤壁。她一时恍惚，无法复原对古代的一种想象。

顺着红墙上去，算是一个高的地势，一个亭子，可以望见一片林子，一条细瘦的水道。导游说，江水改道后，《赤壁赋》里所言的"白露横江，水光接天。纵一苇之所如，凌万顷之茫然。浩浩乎如冯虚御风，而不知其所止；飘飘乎如遗世独立，羽化而登仙……"俱不可见也。

她如同多年前的习惯，挽着他的胳膊，他身上温软清新的味道依然在。在亭子里站着，世间拥拥挤挤，所见皆楼林，人们只能拘束到这个三五步的亭子里怀古。他们一起笑起来，觉出一种荒诞。苏轼当年纳凉用的那方天然石床依然在，可以望江望月，可以假寐，可以清风乱翻书。石床被铁栏杆围住，很逼仄的一个小角落，像一条狗拴在那里。她这么形容。突然觉出内心的一种毒。微微的毒。

她不能对他提出结婚的愿望。她和他的前妻完全雷同。出轨了一个男人之后选择离异，虽然前夫愿意和好，旧事不提，过和平的日子，更多的珍惜。但那是不可能的。她离开那个从前的家，连带从前的城市也不要了。

她对婚姻产生了抗拒。她不愿意任何人质疑她。但从前的不清白已经在那里了。一个未来娶了她的男人会在某天对她产生怀疑吗？她不知道。但是她不喜欢那种可能性。人生的包袱，她不想背负，宁愿孤独。

他们看过石床，往回走。回到红墙的后院，蓦然瞧见一个奇异的石塔。怎么说呢，这个塔奇异到几乎是丑陋的。歪歪斜斜，向上垒摞，她数了数，八层。如果把最尖顶加上，就是九层。偏偏就建在红墙的侧畔，难道这里后来修了庙，而这个塔是哪位大和尚圆寂的冢？

一种暗示的丑、劣、恨意、袭来，她几乎要躲避。一群人在导游的带领下聚拢在檐下。导游银铃般的声音：这座塔无关赤壁的清风明月。清代这里的一个寡妇因与人私通，被治死，掩埋在此，其族人在她的坟上压了这座九层塔，希望她的孽魂不得出来投胎做人。

那天夜里，她被他拥抱着，静默着，他的脚摩挲着她的脚。他说："用了八九年才把心魔驱散了……现在即使你不会回来了，我也没有觉得自己就是失败的…你有没有觉得，醋熘白菜和游园的生活很适合我们……没有比这个更适合我们的生活了。"

我们常常惊叹于内心的惊悚，其实生活本身是波澜不惊的。她在微信上敲打出这两句话。所配的照片是多年前的大觉寺、天坛、地坛、月坛和今日的文赤壁。

《重庆文学》2017年第3期

甘沟（外一篇）

■ 叶延滨

　　那年我一到这个地方，便觉得这个地名也许错了，应该叫干沟。这的的确确是一条干涸的大山沟。在延安南面的富县，从茶店子向东，走六十里到一个叫任家台的地方，这是军马场的场部。从场部再往东走二里，向北一拐，就进了甘沟。沟里可种苞谷，在我们来以前，老队的农工就让满沟的苞谷长出来等我们来收割。走完了这条沟，就到了队部，人称甘沟二连。在这个地方，我只生活了不到半年的时间，但这是我从农村来到的第一个国营单位。拿工资，每月二十七元。吃国库粮，尽管还是干农民的活儿，放马种庄稼。时间是1972年秋。

　　在地图上你今天也还是找不到这个地方，这么七拐八弯，甘沟的实际位置是在一片原始林区中部。我曾写过一篇文章回忆在这里干活儿的情形，因为我在农村当过生产队副队长，所以在这儿很快成了"好样的"，上调到总场去看仓库。我看仓库的地方还是在这片原始林区，但我是新职工中百里挑一选出来的，心情如范进中举。如果不是从甘沟上调场部看仓库，而是从北京放到这里来看仓库，我就不是范进而是林冲了。事情没变，起点变了，心境也就不同。说到这里，想起有人说"老三届"的人有特殊性，我看其中有这么个道理：下了十八层地狱的人，只要往前走，就一步上一层，层层新天地。说到一边去了，还说甘沟吧，说说我还记得的几个人。

有两个北京知青是从安塞招来的，一男一女。他俩一来，大家就看出这是一对相好。混熟了，知道他俩是在一个队里插队。再熟些，知道这个队就只有他们两个知青。真熟了，才知道队上只给了他们一孔窑洞。为什么不多给一孔窑？穷，队上没有钱多砌。怎么住？一个大炕，中间用大箱子隔开，一人一半。于是，大家"啊"的一声，说的，装作说明白了，听的，装作听懂了。这件事在连里曾让男知青和女知青们着迷地幻想了一段时间，他俩的插队滋味自会是与众不同的另一番天地啊！不过，大家对他们的想象是偏向于浪漫而非下流，因为他们在多次招工中，只招男时，男的没走，只招女时，女的不去，于是双双来到我们这个甘沟二连。上次看《孽债》，我就想到他俩，《孽债》是海派故事，而他俩是京派言情。

我们的排长是老职工，他升任排长就算干部了，军马场与军队的规矩一样，排长就是干部，而班长还是工人。大家都知道，他当排长的一个原因是他娶了场长的千金，是驸马爷。驸马爷不是自由恋爱当上的，是经人介绍，让场长看上了。驸马爷只当了半天，婚礼后，夫妇进了洞房，不到一个时辰，驸马就被赶出家门。第二天两人去办离婚，一进门，女的就说，他是个流氓，一上床就对我耍流氓！民政干部一边听一边开离婚证，男的还没开口，这婚就离完了。排长说到这，就笑，是个傻女吗。驸马撤了，不能把排长也撤了，他就从场部调到甘沟来了。

另一对就亮色得多了。男的是从老军马场调来的老机耕队长，队长夫人是北京知青，用知青的方式评价，盘儿亮，条儿也好。盘儿是指脸，条儿是说身材，算得上是军马场"场花"。调皮的知青把军马场的场歌稍加改动，放声歌唱："我爱马场啊我爱马，马场还有一枝花……"那机耕队长模样实在太一般，能得到这么一个妻子是什么原因？一个说法是自然原因，原先的那个军马场地阔天宽，机耕时节，拖拉机开出去，可以睡上一觉，醒来也没到地头，转过车头，再接着睡，也绝对不会开出了地头。这女知青是他的助手，整天单男独女，又没有放不下心的事，就自然成了一家人。另一个说法是社会性的，说女的是个高干子女，老子被打倒了，无家可归，死了一条心，找个根红苗正的"工农兵"。

这三对男女，头一对是有点悲剧色彩的喜剧，第二对是有喜剧色彩的悲剧，第三对是悲是喜一直是个谜，大概这一对是今天许多电视剧中的主角，常常一看电视剧就让我想到他俩，于是也想到了甘沟。

选自《上海文学》2017 年 7 期

我在遥远的地方给你写信

■ 紫云儿

（一）

你说今天你那里突然更冷了。我这里还是阳光灿烂，暖洋洋的阳光一如母亲的手温柔地触摸。校园里的银杏叶已经黄了，片片金黄就像天边的晚霞，点亮初冬的寂静与灰暗；片片金黄就像我的思念，翩飞如蝶。我突然想寄一片阳光或者银杏叶给你。

我心不在焉地坐在客厅吃饭，侧耳倾听手机短信的铃声。我隔一会儿就跑到飘窗，打开手机看看有没有你的短信。只有你给我发短信。我已习惯了你的短信。寂静的夜里，我们是两颗星星，无关风花雪月，只是似曾相识的乡愁，只是诗歌的美丽与孤寂。

都是阳光惹的祸。我们初识的那个午后，当明晃晃的阳光探进窗棂，我又清晰地听到鸟鸣，一朵朱花香，在我掌心肆意地绽放。我突然想用一串银铃般的笑声敲开我的情窦初开，你的青涩懵懂，繁衍一段明媚的相思。

你说相约十年。十年之后，你正是而立之年，我仿佛看到你伫立长江，一张口，就是磅礴的诗；一挥手，就是绮丽的文。褪去青涩与迷茫，你如一只雄鹰展翅翱翔。

我说相约十年。十年之后，夕阳将落未落，正是黄昏。我花白的头顶，尚余一缕青丝，依然可以浅笑盈盈，轻吟小诗。或者，迎着朝阳，来一个金鸡独立。

你说，十年的光阴一眨眼就会过去，一个约定，在此期间势必显现。你相信绝对没有意外。因为记住这一个山盟海誓，比对你的爱情还要忠贞。我说，十年不算太漫长，我可以煮一杯咖啡，或者泡一杯清茶，聆听四季在耳边潺潺流淌。十年足够思念发酵，酿成人世间最真最醇的酒。来日，与你推杯把盏，秉烛夜谈。

不过是和一个文朋诗友吃饭，我居然联想到灯红酒绿，鬼魅的红唇。我感觉自己在堕落。那一刻，我突然强烈地想到你。我对自己说，不能淹没我的纯净，即使整个世界漆黑一片，我也要成为一颗璀璨的星，牵引你的迷茫。

是的，我要为你保留纯净，就让那些香艳的诱惑，面对你清秀而阳光的脸，纷纷逃离。

你说，很难碰到文学上的朋友，若是有，也只有三分钟的热度。

自古知音难求。绚烂之极是平淡。相识就是缘。三分钟的热度足够撑起记忆，撑起温暖的一生。

就像你我。

哪怕你从此与我擦肩而过，如果人生重新来过，我依然不愿错过与你相识的每一片叶子。

设想一袭旗袍，坐在幽静的小巷，临窗铺开薛涛的深红小笺，淡扫蛾眉，一抹浅笑。窗前，微雨燕双飞，或者白雪红梅。就是不著一字，是否也是情思翩跹，深情款款，一幅曼妙的画？

窗外的路灯偷窥我的桃红，咯咯地笑拂动窗帘。

远方的你是否心有灵犀？

（二）

你说你觉得未来很迷茫。

我曾经也是。在工厂的流水线上，小饭馆里做着枯燥乏味的工作，辛苦劳累不说，工资还低，我感觉自己就像一只迷途的羔羊，真的看不到未来的光亮。我常常幻想有世外高人教我绝世武功，仗剑天涯；我常常幻想有名师点拨我的诗文，一夜成名；我常常幻想自己是仙女转世，在危难的关头，飘然飞天……

我现在有时也感觉迷茫。

我不知道什么时候会失去工作，我只是一个临时工。我不知道又该到哪里去找工作？我已不再年轻，也没有过硬的文凭。我不知道将来是否能够领到养老保险，就算能够领到养老保险，应该也和城市居民不一样吧！我能够过上我想要的生活吗？锻炼、看书、写作，偶尔出去旅游。

每个人都有这样的时刻。你还年轻，未来还很遥远，不要想太多，脚踏实地地做好眼前的事情。当然，你一定要有自己的梦想，并持之以恒地坚持。

再长的黑夜之后总是黎明。你一定要忍耐、忍耐、再忍耐，相信曙光就在你前面，烂漫的鲜花就在你前面。

好好睡一觉吧，或者和朋友聊聊天。

明天，当你睁开双眼，阳光灿烂，又是崭新的一天！

你说，为什么农民从来都要被瞧不起？

农民又怎么啦？

正是农民，赋予我们淳朴与善良，赋予我们乐观与坚强。

正是农民，赋予我们青山绿水、一望无际的田野，那绵延不绝的乡愁啊，在我们笔尖流淌，温润地抚摸我们的胸膛。

别人可以瞧不起我们，我们不能瞧不起自己。

不要羡慕别人，也不要自卑。用心地耕耘自己的一片天地，当我们拥有自己独特的魅力，又有谁敢瞧不起？

我仿佛看到你在雨中艰难地蹬车，你有些稚嫩的脸上是雨水，也是泪水。我仿佛看到你在深夜的出租屋就着昏暗的灯光看书、写作。你的头埋得很低，你的眼睛近视得有些厉害。你的衣服很单薄，你的身体在微微发抖……

我泪眼婆娑。有种想把你拥入怀抱的冲动。

是的，我在你身上看到自己的影子。

广东东莞，寒冷的冬夜，怕影响工友休息，我蜷缩成一团坐在厂区宿舍外的路灯下看书、写作。

山东东营广北农场，冰天雪地，我在那间兼作厨房的小屋无休无止地写稿、抄稿。

……

那背影是凄清，也是美丽。

也许，终其一生我们也不能成为名家，光宗耀祖，但我们可以享受追求的快乐，充实我们短暂的人生。

这一刻，我想要变成蒲松龄笔下的狐仙婴宁，银铃般的笑悄无声息地抵达你的窗棂，拂去你眉梢的疲惫与忧伤，伴你恬然入梦乡！

这一刻，我希望自己有无限的超能力，可以穿透尘世的雾霾，你眼中的迷茫。我要看你雄赳赳气昂昂地走在红地毯上。你的眸子晶莹剔透，像露珠、又像璀璨的星辰。你清秀的脸像一轮皎洁的月光，又像一湾宁静的湖泊。所有的人屏住呼吸。任何的语言对你都是一种亵渎。

你不会孤独。

很多人和你一样远离故乡，用汗水和泪水在城市浇灌梦想。你看到天上的星星了吗？那就是他们的孤寂与思念。你是否感觉有风轻柔地拂过你眉梢？那是他们在向你问好！

你不会孤独。

几千里之外的一扇窗，我用文字编织成花篮，花篮里有春天的玉兰、夏天的水莲、秋天的金桂、冬天的蜡梅，你可触摸到她们的馨香？花篮里还有故乡的山、故乡的水，那些活蹦乱跳的小动物，袅绕的炊烟，你可听到他们的呼唤？

（三）

你说还有五六天就要回家了。这是你第一次出远门。我似乎看到你归心似箭，眼角眉梢都是掩盖不住的欣喜。

我现在也是。一说到回家，恨不得天老爷马上睁开眼，恨不得星夜兼程。仿佛故乡的炊烟已经望眼欲穿，仿佛母亲的思念已经泪流成河，只等我一声深情的呼唤。

你是坐火车还是汽车？我知道，长蛇阵一样的买票队伍挡不住你回家的渴望。多少的煎熬，多少的乡思，只为等这一天！就算是站票也要走！我仿佛看到多年前的自己被从一节车厢撵到另一节车厢，衣衫肮脏不堪、疲倦写满脸，眸子里却依然跳动着火焰。

你说想为妈妈买一部手机，不知道买什么型号和牌子。什么样的手机不重要，重要的是你的心意。哪怕你空手而归，妈妈依然会将你搂在怀里。你，就是送给妈妈的最好的礼物！

我知道你今夜无眠。以后的几天都会无眠。

你不知道村庄是否变了模样？那条小河是否还在歌唱？你熟悉的小动物们是否还安然无恙？尽管你只离开故乡半年。

你想象父亲沉静的微笑。父亲的微笑是一首含蓄深沉的诗，你必须用一辈子的时间去咀嚼、领悟。

你想象妈妈溪流般的絮语。你无须回答，只需静静地聆听，就像聆听一首优美的旋律。你就是那一串串悦耳的音符！

你想象弟弟妹妹的叽叽喳喳，就像一群欢快的小鸟在林间嬉戏。

你要飞快地加入他们。这一刻，你就是一只欢快的小鸟。城市已经遥远，那些喧嚣与冷漠、孤寂与泪水已经遥远……

（四）

多年之后，你是否记得你站在深夜的街头给我打电话？这是冬天。你却感觉不到一丝冰寒。路灯在你头顶闪闪烁烁，聚集明亮的温柔。我就在你对面，我的声音就在你耳边。

多年之后，我依然会记得我一动不动地坐在飘窗前接听你的电话。窗外有路灯，我就像月光下的一尊雕像。我不敢挪动，我怕你的声音突然消失。你的声音就像雪花，晶莹、剔透，穿过城市的雾霾和我内心的孤寂。

你说我就那么喜欢笑吗？面对你清亮的眸子，我的哀伤与迷茫纷纷逃离。只有我的笑，可以抵达你的青春，你的纯真。

你谈余华的《活着》，沈石溪笔下的狗，仓央嘉措的诗……文学在你唇边侃侃而谈，就像滔滔的江水，卷起千堆雪。

海潮一波未平一波又起，将我淹没，一种恍惚的迷醉将我淹没。

就着窗外的路灯，我开始虚构一片池塘，一弯皎洁的月亮，蛙声、莲的芬芳，我们并肩坐在池塘，看鱼轻吻鱼钩，那一缕清风。

我要虚构一张无边无际的网，网住城市的霓虹和喧嚣，潜回乡村的寂静，与你做一尾鱼，在村前的小河嬉戏。

我要和你去打猎。你背着猎枪走在前面，我头插一朵野花跟在你身后。漫山遍野的绿，不时有野鸡、白兔跃起。我想象它们是蒲松龄笔下或妖娆或清纯的女子。我不在乎猎物。我只想与你在林间奔跑，笑语惊飞枝头的小鸟。

……

如果可以选择，我想和你回到青梅竹马、两小无猜。

原来友情也可以这样浓烈！窗外，是谁在弹唱《知音》？伯牙和子期的脸浮上窗帘。

你的声音那么遥远又是如此地接近。就像萤火虫点亮夜。

我真想就这样枕着你的声音入眠。

今夜，我的梦里也会有一场缤纷的雪花。

（五）

你说，你的杯子里又结起了薄薄的一层冰。

请原谅我的窃喜。

童年的记忆，瞬间如蝴蝶翩飞。

突然有一天早晨起床，发现屋檐下居然吊满冰凌，就像一根根冰条。我欣喜地用手去触摸，有时候忍不住跳起来用嘴轻轻吮吸，就像品尝美味的冰淇淋。

和小伙伴结伴上学。路边的稻田结了冰，还有一些枯萎的浮萍。我恍惚看到几朵粉红的莲。小伙伴捡起石子扔出去，看石子在冰上滴溜溜乱转。有时候心血来潮，搬一块大石头砸一个窟窿，溅起一串欢笑。我小心翼翼地捞起小块冰放进嘴里，咯嘣咯嘣的声音，就像咀嚼炒胡豆、炒豌豆，妈妈温和的笑。我喜欢捧一块冰在手上，一点点地揉碎，阳光下，丝丝冰凉，丝丝忧伤。

……

什么时候冬天改变了模样？

我希望能够再冷一点，我们就可以在野外燃起一堆篝火，一起谈天、说笑。什么都可以，诗词歌赋，那些小猫小狗。温暖的火光中，你是否闻到草木的清香？我们是如此靠近大自然，靠近彼此心灵的港湾。

我希望能够再冷一点，我就可以看到纷纷扬扬的雪花。整个原野白茫茫，我们固执地踩出两行歪歪斜斜的小诗，呼出缕缕袅绕的清音。我们的笑，就是雪地盛开的朵朵梅花。

不，哪怕只是小小的一片雪花，已足够我写下相思。

期待得太久，我的相思已飘飞如雪。

（六）

你说你在自家门口劈柴。

隔着网络，你感觉不到我内心的波涛暗涌。

小时候，我最喜欢看父亲在院子里劈柴。那时候的父亲真年轻，爽朗地笑着，不一会儿的工夫就劈下一大堆柴，我们姐妹嘻嘻哈哈地抱到灶门前。

仿佛是转眼之间，我的父亲就老了，走不了几步就会喊累，只能够坐在门口朝过路的人寂寞地微笑。

隔着网络，你感觉不到我内心的波涛暗涌。

我似乎从来没有干过这样的农活。每次回家，我能够帮父母做的只是洗碗、打扫卫生。

父母被岁月染白的头发，父母被岁月压弯的腰身，我不是假装视而不见，就是一笑而过。就算有那么一丝丝伤痛，也很快被同伴的欢声笑语所淹没……

你说你和妹妹到山上捡杉刺。

这是多么熟悉而亲切的场景。

我曾经也和妹妹们一起到山上割刺巴当柴火。那时候真的很穷，连山也是光秃秃的，找不到一根草。妈妈扫屋后竹林里干枯的笋壳叶烧火，毛乎乎的，弄到手上又疼又痒。

割刺巴的时候，手指被扎是常有的事情。那时候的我们好像也没有那么娇贵，用泥土敷上，或者把手指放进嘴里吮吸一下。当我们背着绑得高高的一背箩刺巴下山，就像得胜的将军回朝。我们坐在灶门前，看熊熊的火光，妈妈说，"你们看，火在笑！"我们也和火一起开心地大笑。我们的笑声飞出茅草屋，飞出屋后的大山。

还记得冬天的早晨，我一边烧火，一边背诵课文。火光映红我的脸。不，是朝霞映红我的脸，花红柳绿、莺歌燕舞，我仿佛伫立江南的湖畔。我轻轻吟出的也不是课文，而是随手可得的诗行。多年之后的今天，我依然禁不住潸然泪下，浮想联翩。

多年之后的今天，故乡是漫山遍野的树木，漫山遍野的绿。妈妈说，就算柴就在自己的脚下，也没有人捡了。故乡家家户户不是烧电就是烧蜂窝煤。没有客人的时候妈妈还是喜欢烧柴火。不过，现在的柴火都是干枯的木棍，再也不是扎人的刺巴。妈妈说柴火烧出的饭菜香。也许，妈妈只是怀念炊烟。

我也怀念炊烟。

那袅绕的炊烟啊，一直在我异乡的梦里缠绵……

（七）

今夜，我突然失眠。

你的短信又写到"您"字，你是有意拉开我们之间的距离，还是在暗示我们之间的距离？

阳光层层叠叠将我包裹，金黄色的银杏叶铺满脚下，依然有一股冷，生拉活拽，试图将我淹没。不用万水千山，只是一个"您"字，足以刮起台风，在你我之间划一道鸿沟。那些笑语连篇，星星般不眠的灯盏，瞬间飘散。我不敢逾越雷池半步。我只能伫立河的对岸，远远张望。

"我们之间当然是纯洁的！"我说。千里之外，你看不到我的眼泪飘飞如雪。你亵渎的不仅是我的纯真，还有你的纯真。

是的，我不由自主地想要靠近你，靠近曾经的自己，靠近青春那份纯真。

也许孤单得太久，我渴望一份温情。你就是那根温情的稻草，我想要小心翼翼地抓牢。

请原谅。我的热情是冬日的阳光，突然遭遇你短信的雷霆风暴，身不由己地跌落漆黑与阴冷。

请原谅。我的热情也是一朵雪花，刚刚飘落，就被你无情地践踏。当你转身离去，可曾看到晶莹的泪滴？

请原谅。我的热情犹如熊熊烈火燃烧荒芜的冬林，犹如一阵轻柔的南风徐徐拂过大街小巷。我走进茫茫的人海，我的微笑是最真切的问候，希望你，朋友，不要无视而过，或者投我以冷冷的双眸。

你再也不会主动给我发短信了。有关文学的。属于我们两个人的秘密和快乐。寂静的夜里，我如果仔细聆听，还能够听到短信的声音，你的声音。我情不自禁地想要伸手触摸，又一下子飘散。寂静的夜里，我的笑再也不会咯咯地拂动窗帘，在梦里翩跹。寂静的夜里，是谁在叹息，又是谁的泪滴？

我知道，你就像一颗流星，终有一天，会从我的夜空悄无声息地消失。

这是我写给你的第七封信。

我曾经憧憬着写到一百，一千。到时候打印出来寄给你，该是多么浪漫！

我突然很疑惑。

我不知道是否还可以写下去！

我在遥远的地方给你写信，给你，给他、她，给我自己。

也许，我只是写给一片云，一阵风……写给瑰丽的想象！

（八）

现在已经是春天了。呼伦贝尔草原一定是一望无际的绿，五颜六色的野花繁星般点缀其间。请原谅我的手舞足蹈，大声呼叫。请允许我躺在草地浮想联翩：蓝蓝的天上白云飘，白云下面，是谁的笑策马扬鞭？我愿意是牧羊女，与你一起放羊，轻声哼着情歌。我应该有一个蒙古名字，其其格，或者乌兰。你就是我的巴图或者巴特尔。

那么深的夜，你不怕淹没吗？那么深的孤独，你想过要突围吗？你是否试图用香烟点亮夜，点亮孤独？你是否试图用文字埋葬夜，埋葬孤独？

如果可以，我想撕开夜的一道口子，置放一些音乐和欢笑，还有我的相思。

我不会再让你一个人深陷子夜，孑然独吟哀婉的诗句。我要和你并肩站在野外，一起聆听风的絮语，或者，看流萤翩飞如蝶、似雪。无须语言，我们十指相扣，就能感知彼此的深情。是的，这深情可以燃烧所有的冷清与孤寂，无可名状的忧伤。我知道，你的笔尖将会生花，流淌妩媚的馨香。我看到你的诗行在夜空绽放，如同绚烂的烟花！你羞涩的笑，从清晨的一滴露珠中冉冉升起……

遥远的地方，我的笑也如玫瑰绽放。

选自《天津文学》2017 年第 9 期

有一种守护叫茉莉

（外一篇）

■ 曼娘

　　刚入仲夏，双瓣茉莉花就开了。花序顶生，花色素净，花香清雅，你极欢喜地盯着她，须臾不愿离开的样子。

　　你把这盆茉莉抱来的时候，孟春刚过，外面还飘着雪花，大片大片地落在你的身上。你全然不理会雪花带来的潮湿，只是紧紧地护着怀里的这盆花，生怕冻坏了她。我笑你的傻气，你却喃喃细语"只有她能配得你"。我便不笑了，认真地看着这盆茉莉。

　　你来时，我正在第 N 次地读《廊桥遗梦》，这本书虽然印刷了很多版，但我只喜欢一九九五年的这版口袋书，我喜欢扉页的那句"为天下远游客"。可惜的是，这版书错别字太多，读起来费劲耗时，为此我还在书边用红红黑黑的各色笔写了很多字，画了很多线。每次读这本书，我都会幻想罗伯特·金凯的模样，我想象不出豹子一样的男人会是什么样的。就在这时，你来了。

你就像一只豹子，一只从热带丛林深处走出来的豹子，强健、优美、雄性，书中这样写的"个头并不大，略偏瘦，肚子平坦得像刀片，肩膀的肌肉很宽。不管年龄多大也不像那些肉汁吃得太多的当地人。"哦，一个外来人，一个肌肉线条流畅得像豹子一样的外来人。似乎说的就是你。

茉莉花无疑是极香的花，"一卉能熏一室香"，花开时，虽无惊群之艳，其香却融合了玫瑰的甜、梅花的馨、兰花的幽、玉兰的清、百合的雅，难怪宋代诗人江奎曾赞"他年我若修花史，列做人间第一香"。

我很奇怪自己能从你的身上闻到土地的味道，土地上有河流在流淌，有鲜花在盛开，有动物在奔跑，还有篝火在燃烧。我仿佛回到儿时的家园，在那条清爽洁净的吉文河边，守护母亲交给我的火种，我把火种养旺养亮，也在火种燃烧的气息中老旧了容颜。

你盯着花开的茉莉，对我说你怎么能不晓得，我是把你放在心尖尖上的，如此地挂念。人呀！为什么会有爱呢？爱不是个好东西。我的胃纠绞到一起，像被一只手撕拽着、揉搓着。透过你满脸的疲惫，我看到你孤寂的灵魂和全心全意的爱情。疼着的心一再跌落，跌落，跌落……我真怕呀！怕这颗跌落的心再也回不到自己的体内。

你是一只豹子，一只热带丛林里的豹子。而我，只是草原上流淌的河流。河流能为一路奔来的豹子洗去尘埃，带来清爽，而豹子永远也带不走河流。

茉莉花香非常奇妙，她包含着不可思议又恰到好处的果香、草香、药香，是所有花香中最丰富多彩最耐人寻味的。她因清香四溢而成为制作香精的原料，花瓣提取出来的高贵的茉莉油，身价堪比黄金。

茉莉花茶更以其独特的味道成为茶系一支。

那天，你电话里说要来喝茉莉花茶，我便提壶烧水。水凉了又沸，沸了又凉，你依然没来。守着一个人的茶碗，我为自己泡茶。我喝老了茶，茶泡老了水，房门始终没有敲响。我知道你为了保留住草原河流的安静，一直在痛苦地努力着，努力放弃对河流清爽的眷恋，努力让自己依然像一只豹子一样能回到属于自己的丛林中去。我懂得你的努力你的苦，所以我永远不会告诉你我也是多么想你，纵然想你想到哭，我也不会去找你。

茉莉的可贵之处在于，她的根、叶、花都可药用，多种药书表明，茉莉根对中枢神经系统有抑制作用，像爱情一样吧？！如蛊毒一般。难怪很多国家将她视为爱情之花。

你执意把这盆茉莉留给我，借花的名义实现对我的守护。茉莉，莫离。爱情的永远祭奠。纵然身已走，心仍在，那段清爽可人的温情，那段刻骨铭心的爱恋，即便肉身消散，生命走过的痕迹依然会在时空回荡。亦如茶与水，任谁万般也分不开。

有轻风吹过，茉莉花的香气随之飘来，像一个顽皮的小娃娃，迎面跑来撞个满怀，又"倏"的一下子跑了过去，了无踪迹。那花香，虽然急促，却在房间里飘荡着，久久不散。

红瑞木的等待

黑龙江的冬季是不缺雪的，但那天的雪下得格外大，细细碎碎、密密匝匝的，分外好看。我便去小游园看雪。

小游园已全然不是春夏秋那三季的模样，褪去了昔日的热闹繁华，只留下满目的清冷与荒凉，我却不由地快乐起来，想这一季的小游园准是专门空下来等我的。

那些红彤彤宛如珊瑚般的枝条如此突兀地立在皑皑白雪中，一大片一大片地，极为艳丽，炫痛了我的眼。你说这是红瑞木。我不依，说如此红艳的枝条应该叫红柳才合适，这么柔软的茎，这么灿烂的枝丫，多像婀娜的女人，妹妹是红柳，顺风顺水又顺口。你便朗声大笑。笑声在我的头顶回荡，震落了枝条上的雪。

红瑞木是一种很奇怪的落叶灌木，老干暗红色，枝丫血红色，是少有的观茎型植物。初春开始，随着绿叶的抽芽长大，枝干的红艳也逐渐老旧，直至暗红、红褐、褐色，他是把红艳给了叶子。等到了晚秋，百花落尽之时，枝干更是用尽了自己的全部红艳去感染着叶子的色彩变化。初冬时节，随着一枚枚鲜红秋叶的飘零落幕，枝干才又恢复成艳丽的红彤彤。

你说你从梦中惊醒是因为梦到了我的离开，此时的你紧紧地攥着我的手，努力张着细小的眼睛盯着我，生怕一松手一眨眼就会回到梦中去。你皱着眉嘟着嘴，满脸都是委屈和忧伤。我一下子想起了红瑞木的枝干。那些红艳的枝干自从遇到绿叶后，便沦陷了自己的全部心力，他拼尽全力把自己的血色给予了叶，可是怎会料到，秋叶褪尽青涩染满红霜时，也到了他们分离的时候。悲伤的枝干，褐色的枝干，曾经红珊瑚般的枝干，忍痛送别了一枚又一枚鲜红的秋叶，凋零的秋叶，曾经青翠欲滴的秋叶。

落红不是无情物，化作春泥更护花。悲伤的枝干是否知道秋叶凋零的秘密？如此深情的爱，如此放纵的深情，带着彼此最深处的体香飘落，倘若不说，可懂？

那是一座远离城市的草房，向阳，窗子很亮，院子宽阔，门前碧水垂柳，房后稻谷幽香，可爱的各种动物们在远远近近间追逐打闹着。因为我想在树下喝茶，你便决定在此安居。我放下茶碗，假寐不去看你，你急巴巴地赶走吵吵闹闹的动物们，而后又静静地回坐在我的身旁。我们每次这样设想的时候，我的胃都会被扯拽得生疼。

我告诉自己不许哭。

我多么想给你一个陪伴的承诺啊，在那座远离城市的向阳的草房里与你共度春秋，我为你煮饭洗衣，你为我对镜贴花黄。可是，可是，可是……再鲜红的秋叶也要凋落成泥，枝干把全部血色给了她，她必须还回枝干最初的模样。

这不仅仅是报答，更是责任。

自从梦见我离开后，你开始害怕夜晚的来临，你害怕一个不小心的转身就会耗尽一生的思念。你试图用我的名字温暖被凉意浸透的旧梦，可是那些镌刻在你记忆中的美好过往，却被月圆月缺的夜晚碎成一地的落寞。于是知道，醇厚迷人的不仅仅是烈酒，还有那些嵌入心底的记忆。

红瑞木的果实洁白小巧，圆圆的，很是好看。想想吧，红的茎，绿的叶，白的果，该是何等的相得益彰。它的树皮、枝干、叶都可药用，有清热解毒、止血止痛、抑菌的作用，难怪它的花语是信仰、勤勉。

只是万分心疼红珊瑚般的枝干。一次次地与血脉相通的秋叶诀别，一次次地滴血心伤，满树秋叶落尽之时，寒冷的冬天就来了，没有了叶的陪伴，只独留枝干去面对严冬里的冷风雪霜。它孤独地仰望天空，等待春天的到来。

终于盼来了春暖河开。那枝头抽出来的绿叶哟！可是上年凋零的那一枚？

选自《岁月》2017 年 8 期上

第一次相亲

潘成奎

　　那是 N 年前的一个春天的傍晚。

　　我到达师傅家楼下时，已经是六点多了。路上因为一个小小的意外，我比约定的时间晚了大约十分钟。走上四楼，我就听到 401 室的屋内有很多人说话的声音，我知道师傅家一定来了不少人。我做了个深呼吸，我把当时很流行的喇叭裤往腰上提了提，右手习惯地捋了下我那当时留得很长的头发，然后走到了 401 室的门前。401 室的房门虚掩着，我定了定神，抬起右手轻轻敲了两下门。

　　"请进。"我听出是师傅的声音。

　　还没有等我推门，房门已经被师傅打开，房间里的灯光很亮，中间的圆桌子旁边坐着师娘和一位漂亮的女孩，右边靠墙的沙发上坐着四个年轻的女子，她们整齐地坐在沙发上，都是满面笑容。"嘻嘻"，有个女孩子笑出了声音。

因为迟到，原本就不好意思，看到这个场面我更是手足无措。

"来来，请坐。"师傅拉着我坐在圆桌旁边的椅子上。

"请喝茶。"我刚坐下，桌旁的那位女孩就递过来一杯已经泡好的茶水。

这里有必要先说一下我当时的师傅。

我师傅姓孙，那时他三十多岁，大概大我十岁，是我进厂认识的第一个同事，也是我职业生涯的启蒙老师。

孙师傅是位热心人，我进厂已经两年多了，每逢节假日，师傅都会喊我去他家做客。而今天师傅请我来，是要给我介绍对象的，约好了晚上六点在他家见面。

一下子来了这么多女孩，我不知道师傅要给我介绍哪一个，我当时也没敢仔细看她们都长得什么样，大家闲聊时我也几乎插不上嘴，我表面强装平静，内心却局促不安，为了掩饰内心的紧张，我不时端起茶杯喝水。

幸好师娘很快就准备好了丰盛的晚饭，众人落座，师傅为每个人都倒了杯红酒。

晚宴还没有开始，师傅先说话了。

"这是小霞，我最小的妹妹"，师傅指着他身边的那位姑娘对我说："她就是我要给你介绍的对象，那几位是她的同事。"

师傅的话让我十分意外，我没有想到相亲的对象是他妹妹，我有些不知所措，不知道应该说什么，手也不知道往哪里放才好，慌乱下把面前的一杯红酒碰倒在了桌子上。师娘急忙拿来抹布把桌子擦干净，师傅又给我倒了一杯红酒。

师傅继续说："你们相互敬一杯酒，这样就算认识了。"

我和小霞起身碰杯，一杯红酒，我一饮而尽，小霞喝了多少，我没有注意。

有了一杯红酒壮胆，我也放得开了，我陪那四个女孩，每人喝了半杯红酒，师傅不时把鱼肉夹到我的碗里，而我却没有吃出这些好菜是什么味道。

吃完晚饭，她的同事准备离去，我听见小霞跟她们说了句"摇头不算，点头算"。

四个女孩起身，一起和我点头告别。

相亲认识之后，我和小霞相处了差不多一年，小霞是位漂亮的好姑娘。不过后来还是因为种种原因分手了。"有缘无分"她是这么总结我们的关系的。

《江南文学》2017 年 2 月

雷公与三位传奇女性

■ 詹福瑞

1

河北大学中文系旧有"三公"：魏公，魏际昌；詹公，詹锳；雷公，雷石榆。但真正叫开来的是雷公。想来自有原因：魏先生比较起来更年长，詹先生不苟言笑，只有雷先生是位诗人，与老师们接触多，叫起来亲切，也自然。"公"者，既是尊称，又是爱称，多为同辈或年辈稍晚些的同事，对他们尊敬爱戴者的称呼，学生是不能如此直呼的。但是雷公不然。学生当面称先生，私下却也称"雷公"。因为人间的雷公与天上的雷公同名，人间的雷公，无天上雷公的火爆脾气，而有他待人的热烈如火，因为他是诗人。

雷公是作家，而且是著名的"左联"作家，兼学者与作家一身，这在中文系绝无仅有。雷公曾经两次留学日本。1933年到日本留学时，加入《诗精神》日本左翼诗人团体，与日本著名讽刺诗人小熊秀雄以往复明信片形式写诗，出版日文诗集《沙漠之歌》。

> 干涸了的泪痕般的墨汁
>
> 伤损弄脏了的纸片
>
> 把它投进火钵
>
> 卷起冒着灰色叹息的烟
>
> 立刻伸出红红的舌头
>
> 吞噬了烟的残熄
>
> ——我的心就在火舌上抬起头来

这是收入诗集中的《点燃》。我为张丽敏老师所编《雷石榆诗文选》写序时，读到此诗，似乎感受到了在破损的心和流干的泪痕上凝结起的诗歌，在烧尽的纸灰中飞出的诗的精灵。我一下子就喜欢上这首诗。

此一时期，雷公还参与创立"左联"东京联盟，创办《东流》杂志，主编《诗歌》月刊。直到 1935 年被驱逐出日本。

抗日战争爆发，雷先生参加了中华全国文艺界抗敌协会，广泛团结诗人，以笔为刀枪，宣传抗日，鼓舞抗日，并曾亲赴太行山抗日战争前线，创作了大量文学作品，收入 1937 年广州诗歌社出版的《国际纵队》和 1946 年在台湾高雄粤光印务公司出版的《八年诗选集》。

雷公一生坎坷而又传奇，他的故事浪漫而又凄美。

初见雷公，我们就被这个帅先生靓晕了。六十多岁老人，仍然风度翩翩。米色的西服，米色的风衣，穿在年轻人的身上，一定会感到稍有轻佻，但是穿在个头高挑的老男人身上，而且金丝眼镜，满头华发，就衬出了人的青春儒雅。雷先生就是如此。须知那还是在七十年代，十亿人民都穿中山装，他该有多么特别，多么抢眼。我们就推测，这是有故事的教授。

果然被我们猜中。雷先生三次恋爱，两次婚姻，充满真情、离别和坚守，他的一生遇到了三位传奇的女性。

2

"人间没有爱，是多么寂寞啊！而爱变成苦难的时候，又是多么悲痛啊！"这是雷公回忆第一场爱情时的悲鸣。

一个抱着中国诗人诗集睡觉的日本女孩，找到了诗人的地址，第一封信寄来缔结友谊的愿望，第二封信寄来丽照，第三封信寄来两朵梅花，第四封信邀请诗人去日本，或她来诗人所在的上海。

一个想象中的女孩，一个抱着雷公诗集睡觉的女孩，第三封信寄来两朵梅花，这意味着什么呢？中国有并蒂莲之说，两朵梅花是否亦取其意？梅花凌霜斗雪，在中国，寄予了文人对高洁之美的欣赏。寄来梅花的女孩，是否在告诉诗人，她冰肌玉骨的品格呢？她似乎在问诗人，"高标逸韵君知否"？诗人是何等的灵透！他吃掉了一朵梅花，品出了苦涩中的微芬。

到四封信，诗人就做了爱情的俘虏，为了梦中的女孩，二次东渡扶桑，此为1936年。女孩名叫本多菊枝，一个农场主的女儿。

这里，我要稍事渲染。三月，正是樱花盛开之季，东京站飘散开樱花淡淡的幽香。菊枝站在站台上，踮着脚，从下车的人流中，辨认着诗人。她的脸映衬在胭脂色的樱花中，真是花颜人面浑不知了。

雷公一下月台，就径直走到这个樱花女孩的身边："你是菊枝吗？我是雷石榆。"女孩惊讶又惊喜："是的，你来了。"不是因为照片，完全凭爱人的直觉，诗人就认出了菊枝。

以后的八个月，菊枝对诗人的爱，只能用一往情深形容。菊枝为诗人抄稿，照料他的日常生活，为诗人的生活费变卖了戒指、手表。每天，菊枝都要到诗人的房间来，然后在柔媚的新月下，在静的林阴路上，陪着诗人散步。花前月下，散发着浓情蜜意。每次二人分手的时候，菊枝都久久伫立，不肯离去，"撒要那拉，撒要那拉"，不知说上几遍。

菊枝终于委婉地提出结婚，但诗人是被日本驱逐的人，这次是化名林未春潜回日本，诗人答应和菊枝一起回到中国再说。

菊枝病了，有时昏迷，有时清醒，我总猜测是爱而无果的忧虑所致。

诗人去探视，在那里遇到了菊枝的叔叔。诗人以后的探视遂遭到菊枝叔叔的拒绝，诗人只能徘徊于病房外面，看着菊枝的窗口，为她祝福。而此时，日本警察似乎已经嗅到了诗人返回日本的信息，诗人和他的朋友都感到了危险的逼近，无奈又在朋友的帮助下回到中国。谁知这一别就是永诀。

诗人回国后，与菊枝还有通信，商量菊枝到中国与诗人团聚的事。但很快就爆发"七·七"事变，两人从此断了联系。

"我永远不会忘记你，直至我死去的时候。"这是菊枝留给诗人最后的一句话。

"过去如一缕轻烟，结果像半场幻梦"，对这段异国之恋，雷公是刻骨铭心的，为此他写了小说《惨别》，散文《爱的追忆》和诗作《题诗》《炮火轰断了爱情——怀菊枝》。

1986 年，雷公访问日本。不像巧合，有点似因果，又是樱花开放的季节。只是五十年前，与菊枝相遇，时在三月。而此时已是四月，樱花过了盛季，花瓣飘零，像无凭的记忆。虽然不是东京站，而是机场，但雷公走下舷梯，看到飘散的樱花如雨，我相信，他第一个想到的一定是菊枝！

我的猜测不是无据的。雷公在东京，专程去寻找当年居住过的旧地，也多方打听，寻找过菊枝，但这位给过雷公深情之恋的女子"早已芳踪难觅"，也许是"生死两茫茫"了。

3

1946 年，雷公漂泊台湾，有了他的第一次婚姻，妻子是号称台湾现代舞教父的蔡瑞月。

蔡瑞月 1921 年生于台南，高中毕业即到日本学习舞蹈，回台后在台南开办舞蹈研究所。我见过蔡女士的照片，是极清丽的女子。

蔡瑞月与雷公相识于雷公任台湾交响乐团编审之时。雷公帮助蔡瑞月举办中山堂公开义演——蔡瑞月创作舞蹈发布会，雷公还即兴上台朗通了自己的诗歌以助兴，演出大获成功。一位郎才，一位女貌，而且有着共同的文艺事业，爱情的火花一点即燃。1947 年，雷公到台湾大学任教，蔡瑞月也到了台北，与雷公结为连理。次年，他们就喜得贵子大鹏。二人改造了家里的房间，开设舞蹈研究所。雷公继续他的创作和文学活动。1949 年 2 月，他们把大鹏交给蔡瑞月二嫂照管，顺铁路南行桃园、台中、台南演出，圆满举办了蔡瑞月第二届舞蹈发布会。

故事情节如果按此顺利发展，雷、蔡的婚姻肯定是圆满结局。但是，在中国，家庭的命运常常不定于自己。尤其是二十世纪，中国社会长期陷于大震荡之中，所谓覆巢之下，岂有完卵？演绎出无数家庭的悲欢离合。

雷公成家之时，也正是台湾"二·二八事变"白色恐怖越演越烈之际。雷公是"左联"作家，直接参加了台湾新文学史上第三次论战，自然逃不过国民党当局的迫害。1948年雷公被解聘副教授，1949年6月被捕。而此时，雷公和妻子已经筹备应香港大学之邀，前往任教。雷公被关三个月，转到基隆港务局监狱，准备遣送出境，允许通知亲人探问。而此时，蔡瑞月已经寻夫数月。她带着大鹏见了雷公，商量同雷公一同带孩子离开台湾。但当局不会叫他们如愿以偿，因为他们还要惩罚蔡瑞月。果然，他们提前押解雷公出境，打夫妻两个措手不及。看着离去的丈夫，蔡瑞月虽然心如刀绞，但还是充满信心地叮咛丈夫："要珍重身体，只要健康活着，总有一天会见面的！"

谁知，这一别就是四十一年！

1990年，蔡瑞月女士带着儿子、儿媳及两个孙子，从台湾到保定。在车站，两位老人紧紧拥抱在一起，蔡瑞月女士说："我们回家吧。"

"我们回家吧"，五个字里蕴含了多么深沉的期盼，多少幻灭而又重生的希望和夜深人静后的悲苦凄凉！而四十一年，带着被拆碎的家，蔡瑞月又经历了哪些？

雷公被遣出境后，蔡瑞月旋即被捕，从1949年到1953年，她被监禁了三年之久。出狱后，仍然受到当局的不断迫害。但她决心继续自己的舞蹈生涯，献身艺术。她重办舞蹈社，活跃在台湾和世界舞台，成为蜚声海内外的舞蹈家。

蔡瑞月始终单身一人。她精心培养儿子大鹏，使大鹏也成为澳洲知名的舞蹈艺术家。蔡瑞月并未忘记"总有一天会见面"的话，对丈夫的爱坚贞不渝。她日复一日、年复一年地寻找着丈夫，打听他的消息，终于在 1988 年找到了雷公。就是在这一年的三月，儿子大鹏到保定看望父亲。北京机场，雷公从熙熙攘攘的人群中，一眼就认出了儿子，如同当年在东京站见菊枝。不过那时雷公凭的是爱情的直感，而此次则是父子血缘，父子俩抱头痛哭。

有人说，蔡瑞月女士在保定车站见到雷公后，说的不是一句话，而是两句话。她还说过："石榆啊，你看我把你的儿子还有孙子都给你带回家了。"

我知道，当蔡瑞月女士说这句话时，心里一定在想："经过九劫八难，我终于成为一个完美的妻子和母亲，现在可谓功德圆满了。"

4

蔡女士来保定，安排生活起居的正是雷公的第二位夫人张丽敏。

我太太与张丽敏是同事，都在中文系资料室工作，我们习惯称她张先生。据说，张先生本来想好，蔡女士来后，一定安排他们住在家里，必要时，她可以到宾馆住。"都那么多年了，受了那么多苦，叫他们在一起叙谈叙谈。"我听了，很为张先生感动。不过，蔡女士一家到来后，还是安排住在了宾馆。或者是张先生变了主意，或者是雷公的意见，或者是蔡女士坚持如此，就不得而知了。

张先生是南开大学历史系毕业生，人如她的名字一样，聪敏美丽。

五十年代初，雷公从香港辗转回到大陆，先是被李何林先生聘为津沽大学教授，不久到河北大学任教。十余年间，雷公都是独身，生活似逆旅，而两岸隔绝，与妻儿生死两不知，遂于1963年与张丽敏结婚。张先生会日语，懂文学，性格温雅，既是雷公的爱人，又是他的助手。雷公在屡经沧桑之后，终于感受到了家庭春天般的气息，曾赋诗曰：

> 春到燕巢新土香，
> 呢喃比翼沐朝阳。
> 情潮热解津门雪，
> 心脉合流汇海洋。

欣爱之情溢于言表。

张先生颇有修养，且是细致人，对蔡女士一家照顾甚好，甚至亲自造厨烧菜，使蔡女士很感动。蔡女士同时也明白，现在这两位老人相依为命，相濡以沫，她可以放心了。

她此行，似乎就是完成一个使命，一个妻子的最后交代。她知道，她该离开了，永远。

蔡瑞月女士携儿孙回澳大利亚，机场临别，孙子说："爷爷，我上了飞机，你就看不见我了，我也再看不见你了。"从此蔡女士一家与雷公再不复见。

雷公1994年脑血栓，后逐渐恢复，但身体大不如前。本来，雷公的生活全靠张先生料理，生病后，张先生就更像对待孩子一样服侍着雷公。雷公1996年患肺炎，张先生在医院，一直陪护在雷公身边，直到雷公病逝。而那时，张先生已是七十岁的人了。在患病的爱人面前，她表现得异常冷静，超常坚毅，从处理医院的各种手续，到服侍雷公，一切井井有条，利落干净。但我知道她内心的悲伤。她知道，与雷先生在一起的日子不多了。我到医院看望雷公，亲见张先生伏在雷公的病床前，握着雷公消瘦的手，深情地唤着"石榆"，"石榆，我在你身边。"

到了晚年，雷公与张先生一起读书、写书，一起散步，一起去日本访问。雷公就是张先生的一切，就是张先生的精神支柱。我很担心雷公走后，张先生会垮下来。不过，我想错了。在张先生心里，雷公没走，而且永远和她在一起。雷公睡过的床，雷公看的书，雷公写的文章，雷公的字，雷公的画，甚至蔡瑞月的舞蹈照，雷公家里的一切，没有任何变化，与雷公生前一样。只是在雷公的照片前，多了雷公的骨灰盒和一束鲜花。

雷公逝世后，张先生又活了19年，她撰写出版了雷公传记，整理出版了雷公诗文选。雷公在世时，张先生为雷公生；雷公不在世，张先生还为雷公生，她似乎是上帝专门为雷公派来的天使。

写到此，我想，且不论功名事业，雷公一生，有此三位女性——他所昵称的阿菊、阿月、阿春陪伴过他，足矣！

选自《长城》2017 年第 3 期

寄往苜蓿山坡的信

■ 余
　玦

　　你带我，走进春天傍晚。阴凉空气中，一扇漆蓝的木门半歪着，遮住了青草秀美的小路以及风低低吹过的那片山坡。就在木门旁，一棵杏树饱满明耀，颤颤地开出最艳的白。

　　书院后山里，有那么多榆树、桦树和杨树，枝干湿润银亮，在微弱光线里，睁大茸茸嫩叶，剧烈晃动。它们的快乐夹杂着一阵阵的喧闹声。唯独那棵杏树，驮着静寂的白花，一声不吭地美丽着。你走在我前面，率先跨过了那扇破旧的小蓝门，我看到几枚花瓣一闪而过，落在你身后。当时，我并不知道那意味着什么。随你走进春暮的那个我，仍然太年轻，我以为那不过是世上一个普通的黄昏，你在前头引路，我跟着你。就像六年前，我在苍茫月光下，凭空伸出手，却突然抓住你陈旧的一角衣襟；就像六年来，以文字为凭，我凝睇你背影，如有所倚，内心安宁。

我欢喜难抑，因遭逢一棵光亮灿丽的花树。站在树下，我久久不肯离去。你愈走愈远，直至走到某个昏暗倾斜的高处，停住脚步，唤我。而我像所有置身青春当中的人那样，轻易被途中风景所蛊惑，一味痴想着当下的溢彩流光，而非遥远的目的地。真正让我迷失的，并不是盎然的繁花，却是炽烈茂盛的青春，我不可一世地年轻着，热切地张望世界，不断被新事物吸引，一次次起身，奔向远方。你，曾经亦是我的远方，而今抵达，见面熟识之后，我不耐久留，又生出跃然逃往他方之心。

但是，你又怎会不了解。过去六年里，你见证了我如何变化成长，甚至不必朝夕共处，透过一年几回的长途通讯，你便已知道我。因为，使我着迷的那株杏树，在你前半生中，你早已见过千百株啊。你了解那鲜润、洁净的白花在纵情绽放之前，如何以蓓蕾、以籽芽，甚而以种子的姿态在黑夜中挣扎。你见过她最初的瘦削模样。你知道一棵树是怎样在时光中忍耐着，强烈地愿望着，终于，用花朵的热焰溅湿了春天。同样，无须我多说，你清楚那些发生在青春里的故事，它们如何使一个像我这样的女孩跌撞着、汹涌着，最后，变成了今天的我。

时隔四年，再次回到你跟前，我眺望你眼中的我，我期盼她是美丽灼亮的，像旷野的灯盏，旺盛燃动着，使你惊讶，不禁发出赞叹。我太想得到你的赞赏及认可，哪怕只是一句，哪怕一句。

上次见你的时候我17岁。我依然记得离开你的那个炎热午后，我们站在路边的公交站台里，人群扰攘湍急地来去，我因不可遏制的悲伤，轻轻战栗。八月的风黏腻胶着，吹在我脸上却冷硬无比。与你分别后的四年里，我还是常常被卷入那团黑暗困重的冷风中，生活极不均等的掠夺与施予，使我变得敏感自卑，我慢慢习惯低头走路，双肩紧缩像是取暖。穿行在那座语调急促尖利的东北小城，我竭力吞咽着自己的南方口音，敛收一切锋芒，彻底沉寂下来。那一千多日夜里，我活得庸碌而无用，即便现在也是，我终究是个平凡人。

你看向我，你的眼神虽温热却波澜不起，我忽然有想哭的冲动。你或许想象不到，这些年来，你始终是我灵魂深处一道明澈珍贵的防线，你的存在提醒着我关乎纯粹本真的坚持。你曾说我是应该朝上飞的，而如今，我的翅膀日渐钝重粗糙。在那些屈从妥协之中，如果我有过一丝扯痛感，必定是因为那时想到了你这句话。你低头看我，父亲般安详宽容，而我知道我没有变得更好，你亦明白。

你召唤我走进那个静谧的黄昏，一如你在四年后的冬天召唤我回到你身边。我想过天山脚下大雪弥漫，四野旷瀚月明星稀；想过灯照亮一隅屋室角落，院内狗吠悠长。而我想得最多的，是如此天地间，有一个你。在上海去往新疆的飞机上，我心口仿佛云蒸霞蔚，一切壮丽景象于此齐并喧腾，我咬紧双唇生怕自己会忍不住失声叫出来，叫出那叶底的藏花，深海的潜浪，叫出暖烘烘的纷飞雪片，且要通通以你的名字为它们命名。

你是我在新疆唯一的地址。木垒小城，好像荒野中的一座陌生驿站，灯火寂然，照耀着那些棱角坚硬的面孔，而我坐进阴影中，等你。当我拥有了一间带窗的屋子，住进距你四十公里以外的援疆楼，漫长冬天里，我仍总是屏息凝听，朝着你的方向。那最初的日子里，我伤心不已。无边无际的积雪将地面抬高，天空晴朗辽远，光秃枝干空茫直指着，多少年的路程在雪中荒芜。你把我遗忘在一场大雪中，这冬天的尘世光芒刺眼，而我突然失去了你的消息。

尤其在天黑以后，我听人喧笑欢闹，明亮房间里热气涌动，他们相依相伴地度过长夜。

而我却独自开着窗，长时间呆视着那雪地里白耀的路灯。渴望一寸寸地蔓延，继而又一寸寸地熄灭，无穷黑与白中间覆盖着微微轻颤的浓重的灰，我把整个身子埋了进去，热泪在眼眶里打转。你终究没有想起我，在那无数昏沉幽寂的冬夜。

我待在你身边的时间太过短暂，比起冬去春来的缓慢轮回，比起庞杂琐碎的每日的生活，我们每次的重逢都是那样的仓促迅疾。曾经隔开你我现实的距离已荡然无存，我径直地走向你，如同女儿走向父亲。你剥落了名气与光环，布衣上沁散着乡村午后般的温暖气息。在你跟前，我放肆性情，活得嚷闹而鲜明，而你一直纵容着我的恣意，从未认真与我生气。因为有你，我在新疆有了一个家。

只要你在的地方，我都无比熟悉。木垒书院各个房间的细致轮廓，粗朴木头起伏错落的秩序，包括日常的饮食，生活其中的人获取快乐的途径……一切皆温柔地向我敞开，经你授意。它们自然地涌向我，毫无秘密可言，而正是这无所阻碍，无所不在的亲密，使我感受到你绵长深邃的温柔。

你是一个在情感表达上固守着农耕传统的人。我听你的母亲讲过，你从小就是那个最不让她操心的孩子，而你的妻子多次在我跟前抱怨你太过沉默与寡言。我们相识以来，常常是我莽撞激烈地反复讲述着自己，你低垂双眼，坐在椅子上静静地听我说，隔着三十多年的岁月，我对待生命的方式并不能给你带来新的惊喜，你却早在静寂中把语言淘洗得清澈无比。当你开口，语速轻缓，嗓音低沉，好像贮满宁静的黄昏，把世上仓皇赶路的脚步停住，把漂浮不定的灵魂喊住，而我在稠密广阔的暮色中蓦然回首，一眼看到你，端坐光明里。

是啊，你说出的每句话都直接避开乱麻般的真实，准确射中了事物古老的核心。在你看来，仿佛秋枯春荣，草灭岁生，皆是有情，而人间流转千般故事，滚油炙火、繁闹似锦也好，成灰成烬、滴水成冰也罢，桩桩件件里都有衷心。何苦推敲成败得失，你向来只是明心见性。你教我事过便忘，无事不可原谅。借由你的语言，我屡屡被引入另重天地。六年前，也正是你为我打开一扇门，使我窥见万物有灵，当时云垂海立，而后才有写作上的柳暗花明。你是我最为敬重的老师。

你带我亲历了许多风景。我记得和布克赛尔夜幕之前的马群，掠过漫野的石头，仰首朝向炊烟之际背后忽传来的嘶哑长鸣，你骑马从天边归来的黯淡身影；记得喀纳斯晨雾弥漫的黎明，野花辗转，空气中模糊的蜂舞，你指给我看那头嚼草的牛犊，带我悄悄跨过木栅栏……而今我再次跨越千山万水，来到木垒。又一次，我为你而来。

菜籽沟村落，牛拴在门前，羊散在院中，马在檐外梁下嚼草，屋脊背后露出大雪覆盖的成堆草料。太阳底下，并无新事，与你相伴的日子清白如一枚淡墨竹简。雪山、冻河与松林，乌鸦、野兔和雎鸠，漫长白天里我与这些事物比邻而居。偶尔坐在房内无事可做，便起身看你躬身写字，你俯首蘸墨，枯纸上遍地大风。到天色转暗，炉灶烧旺，坐在茶室，坐在你对面，开着一提马灯，听四壁响起的寒风动静。我看过你劈柴，扫雪，看你在晴朗傍晚出门散步。看天色渐晚，铁门轻响，大狗一身雪粒扑到你脚边，你身后的夜空淼远，星辰闪转。那是我此生从未见过的晶莹星空，每个深夜在我头顶，在松、杨、榆的呼喊之上，一片沸腾。我正度过一生中最接近魏晋、汉唐和北宋的日子，在二十岁，在你身边。

当我再次回忆那个傍晚，我的感官倏然复活，一切画面与声音都是如此地清晰。我看到那座朴素暖和的麦垛，你鼓励我爬上去，在我终于摇晃地在麦草上站起身时，斜阳将你的面孔映得通红发亮，你在笑，看着我笑。绵长麦田那样平阔，微黄如月光倾荡的海，我大叫着要你看那麦田之上的三棵榆树，它们在强烈光线中好像上帝精心手作的剪影……我们一前一后走着，走向那片飘荡苜蓿的山坡。我挎着竹篮子，脚踝上尽是草尖的露水。你弯腰，手指掐住那丛苜蓿嫩绿沁凉的部分，那在微风中轻曳如烛光的部分。你的手指温暖，停在苜蓿灿烂的内里，我从你身后慢慢走近，探头看。傍晚的光如此柔软透明，你采下一小株苜蓿，扔进我的竹篮里，刹那间世界如水浮荡不止，我的心头涌出大片露珠般的快乐。在那片苜蓿丛生的山坡上，你当时转过脸对我说了些什么，如何采摘，或是如何拣择。我认真地抬头凝视着你，是因为你，我才最后恍惚想起，那是春天，下一个春天，我是否还在你身边？

但我向你许诺，时间永远不会将我打败。你是我在世上为数不多的亲人中的一个。无论人事怎样跌宕折转，当我望向你的眼睛，那片安谧澄澈的山坡始终还在，我为你摘下的两枚光嫩清新的苜蓿叶，永远地飘荡在你眼内，温柔无比。

选自《星火》2017年第4期

二姐

■

常红梅

　　二姐是那个年代我们村唯一的大学生。

　　二姐考上大学那年在我们这个山旮旯里自然引起了不小的轰动，父亲在摆完了一桌又一桌的酒席（其实就是母亲亲手炒的几个小菜），打发了一个又一个前来贺喜的父老乡亲后，在某一天早晨，打起铺盖卷带着他心爱的为他光宗耀祖的二女儿，在村里人羡慕的目光中坐着村子毛毛哥的拖拉机一起去小城，然后转火车去省城学校报到。

　　车到没人处，一向性格沉稳，感情不外露的父亲紧紧抓住二姐的手激动地说："闺女，咱家人老几辈子，就你给爸争气了，将来蜕了农民这层皮，成了公家人，一辈子吃喝不用愁了……"说话间，父亲想笑，却抹出了一把眼泪。

　　父亲做梦也没想到，几年后，二姐大学毕业，没有任何关系的她被分在了小城一个很不起眼的企业，不到三年，就下岗了。

这对心高气傲的二姐来说是一个多么大的打击呀！但二姐不愧是一个读过书的人，她能马上冷静地理性分析形势的变化，她想端不上"铁饭碗"，选择自己创业也是一种出路，她就不信，以自己的能力会在社会上就找不到一方立足之地。有了这样乐观的想法，生活便重新有了奔头，她依然要做父母最得意的孩子。

二姐从小就喜欢英语，本来想报读省城外国语学院的，却阴差阳错与之失之交臂，而这次失业对二姐来说却成了"无心插柳"的意外成全。二姐很快地扑入到她喜爱的英文字母当中，并通过考试拿到了高中英语教师资格证，拿到资格证的那一刻，二姐激动的心噗噗跳个不停，那种感觉，就像她拿着这张"绿本本"就可以换得一辈子的大好前程，衣食无忧，大有一种此去"天下谁人不识君"的感觉。

二姐那时虽然已经二十六七岁了，但依然拥有着十八岁少女的情怀和天生不认输的倔劲。二姐失业后"重整旗鼓"的第一站是在小城的一所初中，当时，一位英语教师因为要回家休一年产假，拿出自己工资的一部分请二姐替自己代课，虽然报酬很低，但二姐欣然答应，她必定是一个虽然拥有专业知识但教学经验还几乎为"零"的人，这个机会对她而言的确是一种很好的锻炼。没想到，那次机会却成了二姐往后岁月回忆起来最美好的经历，教学成绩虽然不是十分突出，但明显的已有很大的进步，更主要的是二姐天生开朗的性格赢得了老师们和学生的喜欢，总之，一年时间的"初出茅庐"让二姐对自己信心满满。

接下来的一站二姐是去到一所民办院校应聘了，去了以后才发现，年近三十的自己在年龄上已经没有任何优势了，那些和她一起来应聘的高校毕业的学生个个如晨光下的玫瑰般娇艳欲滴。以至于我现在回想起来一直以为二姐之所以会被顺利地留下来，是因为她的天生丽质。年近三十的二姐微胖的身材丰腴而又性感，圆圆的脸蛋水蜜桃般饱满，尤其是那一双丹凤眼，经常涂得红艳艳的香唇，再加上这几年小城生活所培养起来的气质，怎样看起来都有几分妩媚，总之，她是那种容易让男人产生想法的女人。果不其然，由于离家太远，校长给二姐在学校安排了一个条件还不错的私人单间。几日后的一个晚上，二姐坐在台灯下看了会书，准备休息的时候，听见敲门声，她客气而恭敬地将五十多岁的老校长让了进来，对方先是问了几句生活是否习惯，对学校有什么要求尽管说之类的暖心窝窝的话，二姐一一客气地回答，但却没有感到一丁点的温暖，只觉得那目光、那言语中含着一种说不清的东西。果不其然，几句话后，对方便收敛了最初的彬彬有礼，猛抓住二姐的手，眉眼里燃烧着欲望的火焰，告诉二姐从看上她的第一眼就是怎样地喜欢上了她，怎样的夜不能寐，爱的欲罢不能，欲把二姐揽入怀中。二姐虽然近三十岁的人了，但依然单纯得很，她被这突如其来的阵势吓坏了，突然之间意识到了什么，本能地在对方手腕上咬了一口，大骂对方"流氓"。恼羞成怒的校长，一改方才的柔情脉脉，大吼一声"马上滚蛋……"甩门而去。

二姐这次打工仅仅持续了五天时间，在她上班的第五个夜晚背着铺盖卷开始流落在街头，然后打的，一个多小时候后回到那个她结婚不久在小城暂且租住的小屋。回家后，她对自己的小丈夫只是说了句："不想干了"，不干了就不干了，不需要什么解释。为了不让"小丈夫"受到伤害，她把校长对自己的非礼深藏在心底。虽然丢了饭碗，可她守住了自己，守住了做人的底线。她对试图以公权力而谋求私欲者的鄙视而愤懑。

　　二姐还是这样自信，是因为她心中始终有一个梦中的桃花源，那里面有她的事业、爱情。她没有沮丧，没有气馁，用美好的理想支撑着自己，用浪漫而简单的方式勾画着人生的前景。二姐先后应聘了几家民办院校或者假期补习班等，但在每个地方所待的时间最多不曾超过一年。生活开始无情地暗示她现实的残酷，而她依然初衷不改。后来她索性自立门户，办起了英语补习班，但由于没有在教学第一线，好多家长觉得把孩子交给她并不放心，再加上她确实对近年来中、高考题型研究得不是十分透彻，虽然教学方式灵活，轻松活泼，受学生喜欢，但教学成绩倒也平平，家长要的只是分数，所以生源并不理想。她又听说海南是一个"遍地黄金"的城市，经人介绍去那边做家教，去了后才发现她千里迢迢奔赴的海市蜃楼——海南不需要她。她每月的收入抵不上半个保姆酬劳。

　　二姐的梦是那么美满，但也许注定着她的生活只能属于小城，在这里生，在这里结婚生子，在这里谋生。只是她心中多年来勾画的桃花源在小城里，在她的生命中似乎从未出现。年轻时，多半是她炒了老板的鱿鱼，后来是人家嫌弃自己，她的满腹才华没有为她在小城赢得一席之地，而且大有一种随着年龄的增长而显出力不从心的无奈。在小城里奔波二十年了，二姐并没有如自己当年憧憬般赚的钵满盆圆，而是经常囊中羞涩，就连当年那么爱她的丈夫——那个中学英语教师也开始瞧不起她了。

　　人说"贫贱夫妻百事哀"，这话一点也不假。二姐和姐夫的争吵大多是因为金钱，我的二姐夫是一个典型的小白脸，在外人面前很斯文的那种，可也是一个缺少生活情趣的人，与二姐的性格大相径庭。姐夫没有多少爱好，经常看见他抱着一本书在读，当年二姐就是因为喜欢英语才崇拜他、爱上他，而嫁给他。按说二人该是珠联璧合，可他们曾经勾画的幸福日子最终还是被眼前的柴米油盐打败了。姐夫对英语不只是本能地偏爱，更大的动机还是来自于他的赚钱谋生的欲望，按理说他每月的工资该可以满足一家三口的生活了，可姐夫是个守财奴，她看不惯二姐平时喜欢打扮、爱健身的"小资女人"的生活，虽然二姐花的都是自己赚的钱。为了控制二姐花钱的欲望，姐夫对家里的柴米油盐干脆袖手不管，连儿子上大学的生活费也让二姐去承担，善良的二姐也许因为爱，也许因为免生气，只要她手里还有些节余都默默地奉献给了这个家，作为妻子她不知道自己的男人赚了多少钱，也不过问，她就这样娇惯着他，纵容着他，可她渴望中的哪怕一丁点的温存都是那样的艰难。

姐夫与二姐的离心首先表现在长时间地分居，为了给学生补课赚更多的钱，姐夫以家里空间小，还有学校不准在职老师在外补课为由在外面租了一间大房子，几乎每个晚上和周末都在那边，他不要二姐过去，不要二姐管他，除了换季的时候回来拿几件衣服，平时几乎不回家。就连上大学的儿子半年回来一次，也得去那边找父亲。二姐在最初也求过姐夫，让他回来她会好好照顾他，可她的近乎下贱的请求换来的只是对方更多的鄙视，没有起到任何作用，最终以伤得二姐遍体鳞伤为代价，在争吵中结束。那时候姐夫说的最重的一句话就是："你连一个农村妇女都不如，还什么大学生，人家出去做保姆都比你强，你看你现在是什么样子……"姐夫的言语中明显有瞧不起的意思，说的二姐心痛的话都说不出来，这真是哪里有伤疤往哪里撒盐呀！"连农村妇女都不如"这句话，在心里窝藏着，或者在风中飘着，毒蝎子一般，冷不防会从记忆的某个暗角窜出来，把人蜇一下。

这也是作为知识分子的姐夫骂人的可恶之处，不粗俗，但毒气逼人。好在二姐认为"骂人都没好话"，这句安慰自己的话后来就成了止痛片，痛一回，吞一口，和着眼泪，咽进肚子里。

刚开始时两个人还会吵架，但最后这样的争吵在姐夫的"逃之夭夭"中而告终。二姐也曾经想着要挽救她们的感情，每一次争吵过后总会想起姐夫曾经的好，也便释然，她渴望着一切都会回归原位。那天下班后，二姐给姐夫打电话问他在哪里？对方回答在火车站附近吃饭，二姐说"我也在火车站附近，过来咱们一起吃饭？"姐夫狠狠的一句："你走你的，少管我。"说的二姐难过了好久。我们曾经追问过姐夫那夜是否回家？二姐只是说："估计回他上课那边了。"二姐根本不知道姐夫的去向。多少次，我们对二姐分析，姐夫对她的态度突然发生这样的变化，是不是和外面有人有关？我们甚至怂恿她半夜搭个车过去看看，二姐只是摇头，说万一有个什么对自己有什么好？还是糊涂点好。人都说幸福藏在糊涂里，可糊涂的二姐幸福又在哪里？

命运烂了一个大窟窿，二姐却不知道该怎样去缝补。我们不明白曾经脾气那么大，年轻时一次次炒老板鱿鱼的二姐在眼前这个"文弱书生"面前却表现得如此软弱。但有一点是可以肯定的，她还是爱他的，因为爱，才有她毫无尺度地纵容、忍让，低在尘埃里的卑微。二姐说，其实他就是住在自己伊甸园里的那个夏娃，错就错在她曾经是那样投入那样忘情地和他同吃了伊甸园的禁果，这果子，后味苦、后味酸，可她认了。这些话是二姐在酒桌上说给我的，是我在斥责她的软弱时她给我的回答。说这话时，四十七岁的二姐身体已经微微发胖了，却也更加丰腴而饱满，此时的二姐依然很媚，二姐的媚是天生的，那是眉眼里泄露出来的，是从厚厚的性感的红嘴唇上流淌出来的，因为酒的力量，因为从心底涌出来的冷，倒让人看了，有一种说不出的怜惜！她年轻时也很媚，但绝不是这样的，没有爱情滋润的花朵，再怎样的天生丽质，怎样的媚，终究也是闪着枯萎的冷光。我想起了近几年一部很热门的电视剧《华胥引》中的台词："你可知我爱你多真，你可知你伤我多深。"而此刻，姐夫那高傲的心，怎么能明白这爱的独白呢？是呀，时光匆匆，岁月混沌，多少心事在风中遗失，谁还会想起最初的心跳？谁还会记着当初的誓言？终究，他成了她放不下，逃不出的劫。

　　有一篇很流行的鸡汤文章《你配过最好的生活吗？》，想想只要用心生活过的人，谁又不配过最好的生活呢？那么勤奋努力，那么痴心地只爱着一个人的二姐怎么就没有过上自己想要的生活呢？在小城的灯红酒绿下，多少男人曾向二姐抛下爱情的橄榄枝？可背叛对二姐来说是多么龌龊的事情，她终究是一个传统的女人，无论他对她怎样，她还是愿意以纯洁之心呵护着他们的其实早已经有名无实的婚姻。二姐曾经偷偷地告诉过我，在小城里，她遇到过一个自己很喜欢的人，希望他做自己的蓝颜知己，陪她说话，听她倾诉，甚至可以陪她逛街，开始感觉也挺说得来的，谁知不到一个月时间，对方便提出了非分的要求，她吓得赶紧把对方拉进黑名单，不再聊天与见面，终究她是做不了那种女人。二姐就像一朵圣洁的莲花，在小城属于自己的角落孤独地绽放着，却始终没有迎来她爱的人倾情一瞥。男人的目光总是带着欲望，而欲望的后面却是抛弃或者冷漠，这是小城生活的诸多男男女女的新常态。二姐没有坠入那片泥潭，但她一生中憧憬的美好幸福的桃花源也一直未曾出现。

也许，最好的生活一直在彼岸。人的一生，经得起多少痛苦的打击呢？我不敢想，我们大都习惯于没心没肺、没有斗志地活着，我们过着顺水推舟、顺流而下的日子，却无法真正走进别人的内心。面对二姐，我"怒其不争"时，其实无法想象她所经历的痛苦。有时候，我觉得，我们得让自己的心格外糙一点，更糙一点，随着时光之流越来越糙，以便在风雨面前减少痛感，或者浑然无知。我以为二姐的苦，就是太过于清醒，以至于让命运的刀刃戳伤了自己。二姐是那种宁可苦了自己，也不愿伤了他人的女人。她只是为别人而活着，而把自己泡在苦水里。她身上背负的东西太多，太沉重。

这几年来，我与二姐的联系越来越少了，也许，她累了，我也累了，一个不再倾诉，一个更懒得聆听。也许每个人都会在岁月中明白，痛是属于自己的，没有另外一个人可以真正地分担，于是，而终选择流年中的沉默，在沉寂中疗伤。这么多年了，我没有一句劝词可以让二姐改变什么，其实她根本就没想着要改变，比如和姐夫离婚，重建幸福家园，这样的结果对她来说也许会比现在更痛苦，她一任他伤，万劫不复，我又有什么办法呢？当初，她只是需要一个倾诉的对象，而我只需要做好一个聆听的角色就可以了。只是，再美好的搭配，在时间舞台上，注定着都要谢幕。

选自《延河》2017 年第 8 期下

内心

■

柏
菁

　　他彻底失望了，感到这个世界已经容不下他了，过去的烙印将永远无法抹去。每天面对冷漠的面孔，不屑的眼神，他的心被啮齿着，没有人看得起他，他被这个世界彻底抛弃了，他回不了头了，心灰意冷，刚刚萌发的良知和善心又泯灭了。他想到了报复，他要报复这个世界，报复这些鄙视他的人。他在内心酝酿着复仇计划，用仇视的目光观察着出出进进的住户，等待时机，寻找机会。

　　他是个盗窃犯，刑满释放后无处安身，几经周折，才被居委会安置到这个小区当保安，可这家小区居民大多都知道他的过去，许多人就投来鄙夷的眼光，窃窃私语、指指点点，甚至下意识地躲着他，像躲瘟疫一样。他忍气吞声，默默工作，好长时间过去了，大家对他的态度依然如故，他的忍耐已达到了极限，忍无可忍了，干脆破罐子破摔，他联想到了报复的快感。

他曾经是个手段很高明的窃贼，无论多么复杂的钥匙只要他瞅一眼，就能照原样配制出来，他有时很自豪，认为自己很有天赋，天生就是做贼的料。他要大捞一把，然后远离这个让他痛心的地方。做出这样的决定后他反而轻松了许多。一丝轻蔑的微笑涌上心头，可是机会太难得，人们的钥匙都是随身携带或装在手包里，给他瞧一眼的机会都没有，这让他很着急。

今天的天气很糟，就像他的心情，乌云低沉沉地压在头顶，让人喘不过气来，他感到快要窒息了，他想吼叫、想爆发、想发泄，他要撞破这个沉闷的世界。忽然，眼前一亮，仿佛冥冥黑夜透进了一束亮光，他的心也随之一亮，她来了，像一团洁白的云彩飘了过来，他的心情一下子敞亮了许多。近日来唯一让他欣慰的就是每天能看见她，这成了他每天奢侈的享受。他听说她是一家小学的教师，大家都称她白老师，刚刚搬来不久，带着一个上小学的儿子，高挑匀称的身材，五官端庄清秀，经常穿白色的连衣裙，走过大门目不斜视，高傲矜持得像个公主，在他心目中她简直就是美的天使，尽管她同其他人一样也从没正眼瞧过他一眼，但他依然每天盼望能看见她。

您好，请帮我一个忙好吗？她走到他面前问，声音甜甜的，像春天的风轻轻吹过。

他反而吓了一跳，愣了愣神，吃吃地问：

你……你是在叫我吗？

对，我想请您帮个忙，是这样，她近前一步说，我们学校下午有活动，我不能按时回家，可我儿子早上忘带钥匙了，回家进不了门，您看这天色又不好，我想把钥匙寄放在您这儿，让他回来到您这儿拿行吗？

这……这当然行，只要您放心。他很出乎意料，有点受宠若惊。

看您说的，这有什么不放心的，她说，都在一个院子里住着，这就要麻烦您了。她一脸的真诚，把钥匙递了过去，冲着他莞尔一笑，道声谢谢，仍像一朵洁白的云彩飘走了，只留下了淡淡的清香。

他局促地接过钥匙，感觉心跳加剧，有点心慌。他过去做过多少"活儿"，都镇定自若，从来没有像现在这样心慌过，他也搞不清楚这是怎么回事。望着她远去的背影，回味着她的笑靥，他的心陶醉了。再看看手中的钥匙，仿佛还带着她淡淡的体温，一股暖流从手中荡漾开来，直暖到心底，他全身的血液一下子沸腾了，多少天来的压抑一扫而光，他轻松了许多。

一阵清风，乌云散去，太阳从云缝里直射下来，照着这把金光闪闪的钥匙，这是打开他心锁的钥匙，他又仿佛看到新生的希望。他昂起头来长舒一口气，天，竟是那么蓝，有几朵洁白的云彩悠悠飘过。

选自《青岛文学》2017 年第 8 月

隐形的房间

■

语伞

一

不确定是哪一天，不确定影子是否真实。

"来，镜中有嘴的花冠，黄昏最后的微笑道出传说中的假日。我们不断地回到夜晚。我们形成无数的第二天。"

房间，就预设在这里。

从那里出发吧。是的，从那里。抛开时间、世界、人类、命运，甚至，食物和美。当饱满的种子一样成熟的落在我身上聚集，某种绿如麦浪般在一场大雨中用恍若隔世的寂静跨越万物，如果我听见敲门的声音，摘下面具，你会是谁？

不存在的百叶窗只透出一丝丝微光，我看不清你的面孔，我只印证了一个存在，那个存在仿佛在说，我们从不陌生。

然后我们的眼神中生出了更多的光来，然后我们穿行在这些鬼魅的光线之中。一道道，线状的，环形的，无形的，被捆扎，被纠缠。除了我们，再没有别人。

二

我语无伦次的时候，我就开始沉默了。

瓶子里的薰衣草是干的，我唇上的葡萄有吮吸不尽的汁液。

坐吧，亲爱的。这里的椅子和沙发没有区别，正如这里的我和这里的你没有国籍一样。你尽可能的自由，你尽可能的忘记习俗和礼仪。你说不说话我都能听见。但只有伟大的汉语，承载着我们不可复制的预言，任何语种都不能代替，对，任何语种。

我们还需要一种精确的颜色。你看看吧。天花板、墙壁、衣橱、床、书桌……除了炫目的记忆，再余留一些空间给我。比如阳台；比如，窗；比如，你的眼睛。

我在喜爱的黑夜中向往光明的事物。我手中的笔行走在一张白纸上。我写下的你在历经人世沧桑之后，像古罗马的早晨。

钟声落进你的心脏，这个你也许是来世的你。

三

由此我说，我的思考只是游戏。

由此我说，大概最真实地活着就是与自己交谈。

每天都有人庆祝生日。每天都有人在脑中闪现死亡。时间的脾气很好。我有时抬头，有时弯腰，有时我在白昼中筑建月光，为了等待十指紧扣的那一刻。

那么，再回到这里来。

转瞬我就不记得此刻的我了。你坐在对面，整个早晨，整个上午，整个下午，整个晚上，整夜整夜，房间随时都在变幻，壁画、枕头的花色、书架的方向、你踩过的地面、浴室里水龙头的声音……在絮絮不休的话语和睡眠之间，在书本和身体的暗喻里，菜肴和酒杯离我们很近的时候，我总是重复，房间的味道很好，很好。

于是，我扮演的角色回到童年。

于是，我捕捉故事的细节，从激烈到平静，然后，我把秘密放入口中。

四

你不说话的时候空气也是热的。

窗外是另一个世界。当我再看四季轮回，一切显得异常陌生。

我只是窗内的我，足不出户的我，不经世事的我；看着果实压弯树枝就会心疼的我，遇见花朵凋零就要流泪的我，发现一粒尘埃就想为它披上优美外壳的我。

原始的我，暂时忘却了地球文明，心中没有理想主义，不必理解我所处的时代。

对于那些杞人忧天的事，无须谈担当和情怀，我们在星空下散步，它们自然而然就迈过去了，而且很圆满。

或者我可以用另一种方式说，我只想在你禅定的眼神里摔跤，只想在你嘴唇的悬崖上跳舞，只想在你灵魂一样虚无的身体中，听见我内心深处的回响。

仿佛无形，又从来没有如此真实过。

或者，是一个我在消失，另一个我在呈现。

而现在的我的呈现，像第二次剪断脐带，我接受草木鸟兽的名字来到你的身边。

你沉默的样子，就是我永恒的信仰和图腾。

五

谁也不知道我们将继续谈论什么。

"天真构成了所有人的名字。"

房间表态了：当我们谈论爱情的时候，我们叫作天真。

嗯嗯。干杯。

嗯嗯。酒和茶，在云端替我们抒情。

我对着镜子画眉、梳头，转过身就看见你若无其事地临窗而坐。遥望是何等美妙啊。你转动酒杯，注视杯身倒挂着的紫色的蝴蝶，那些轻盈的翅膀，是在橡木桶里发酵过的，据说它们也有生命，也有爱情。

好。纪念它们吧。用我们的嘴唇。用我们的身体。用我们缅怀岁月如白驹过隙的悲哀。我活了多久我不知道。我们都发现，我们开始谈论衰老和死亡了。

在一阵战栗之后，我锁上了房间所有的抽屉。

这是我对遗书的恐惧，无论在口中，还是在纸上，它都对我构成了巨大的威胁。

六

你重复安排最后的诗句。

其实我理解生命叙述的无常。房间里没有梳妆台，不同形状的镜子却很多，我来不及记录的风景，正在形成一个城市不可或缺的那部分。

盘子里的水果我们舍不得吃，它们应该和房间陈列在一起，在我们的心中。新鲜的果实代表身体的水分充足，我们的血液才得以不断的新生和绵延。

而我永远都在寻找一句话，从一个隐秘的词语开始。

我搜遍房间的每一个角落，没有任何修辞可以借助，不存在现实，不存在睡梦，你在闪烁，你在移动，躺在床上的你突然在山谷里喊我，给我递过礼物的手臂开始缓缓上升，变成远处的云和树。

一切正在消失，这房间里所有的物品也在莫名地消失，包括书本上的文字，我一碰，它们就消失。

我被迫离开了这个房间，从此，住在哪儿都不完美。

选自《中国诗歌》2017年第3期

二十三岁的那场初恋（外一篇）

赵宏兴

二十三岁的那年夏天，阳光从窗棂间透过来，充满了屋内。一位陌生的妇女找上门来，她一进门就拉着我的手热情万分地道谢，弄得我一头雾水。问清之后，我才知道，原来两天前，她在某市转车时天已晚了，没有车子了，要住下，她找到几家旅社一问，没有便宜的床铺，她家里较贫困，正在为当晚的住宿发愁，身边一位也准备住宿的女孩子问她："你是肥东人吧。"妇女说："是啊，你怎么认出的？"女孩说："我的哥哥在肥东哩，我对肥东人天生的就有感觉。"两人说话很投机，女孩知道她的情况后，二话没说，就把她的房间一道给开了。晚上，她俩住在一起，妇女要给她钱，女孩坚决不要，妇女说："那我怎么谢你哩？"女孩子说："你回去给我哥哥问声好就行了。"然后，女孩把我的地址姓名告诉了她。妇女不识字，只是一遍遍地默记在心里，一到家就找过来了。

妇女坐下来就夸那陌生的女孩子，"她人可好了，白白胖胖的，很漂亮，我们住下后，她也不多言多语的，找个离灯近点的床铺睡下，就从包里拿出一本书来看，我一觉睡醒了，她还在看。过去只听说过天下有好人，这次我也碰上了。小哥哥哎，你有福气。"

妇女这么一说，我想那女孩子肯定是安子了。不久，安子就来信了，说这件事是她做的，她自嘲地说她对我已有爱屋及乌的感觉了。

妇女这个传奇的故事在我的家乡被传为美谈，我被周围人羡慕的眼光笼罩着，全身洋溢着一股幸福。

这一年我们开始了初恋。其实，到这个时候我和安子还没有见过面，只是书信往来。

安子是在几百里外的一家县食品厂做会计工作，这家食品厂生产一种茶干，在省内很有名的，安子就常出差，去到外地代销点结账。我高考落榜后，通过考试被录取在乡里做农经工作，业余写点小说在报刊上发表，有一篇小说发在省青年报上，后来被一个人抄袭了，发在另一家报纸上，被安子看到了。细心的安子按照报纸上介绍我的地址给我来了一封信，揭露这件事，这样一来二往，我们慢慢地有了好感，那种在心房里隔着一层薄纸欲透未透的感情。因为她比我小，我们在信里相约，她叫我哥哥。一种相思，两处闲愁，那一段日子里，书信闪着灵性的光芒在我和安子之间殷勤探看，安子用厂里的红头便笺给我写着一封封来信，装满了我的一个抽屉。我常把安子的来信带到田野里，坐在草色青青的田埂上，一遍遍地展读。远处的村庄炊烟袅袅，鸡犬之声相闻，心间一片晴朗。有一次，好久没有接到安子的来信，我去了几封信也没回，那时电话也不普及，我心急如焚，后来才知道，她生病了，我立马到县里买了一些营养品给递了过去。不久，我也收到了她给我递来的礼物，那是一个绸缎面子的精装日记本，还用毛笔题了词；嘱我一定要好好学习，多写作品。

半年后，安子来信要我到她家去一趟，说这是经过她父母同意的。这可是一个重要的信号，太令人兴奋了，几个夜晚我辗转反侧不能入睡，想着如何赴约。

几天后，我乘着长途汽车到小镇上下来后，到安子家还有十多里地，我一路徒步而行看着正在午收大忙的农人，眼里到处都是田园诗意，浑身洋溢着青春的激情。到了村里，经人指点，找到了安子的家，我停下来，远远地朝圣似地看着。安子的家是土墙瓦顶，墙上有几个小木格窗子，朝南的门开着，阳光照在门前的一片开阔地上，有了一层高贵的辉煌。我走到门前，堂屋中央站着一个女孩正在吃饭，我问这是安子的家吗？她愣了一下，说："是的，你是……"我说了我的名字，安子的手一抖，捧在手中的碗叭地掉到了地上，碎了，白白的米饭撒了一地。接着安子转身伏在桌子上呜呜地哭了起来。我一下子懵了，呆站着，不知所措。我说："安子别哭了，我老远来看你，你高兴才对啊。"安子的哭声小了下来，但仍伏在桌子上，身子随着轻轻地抽泣而不停地耸动，好大一会儿，她才抬起头来，红着眼睛说："我知道这几天你会来的，在家等你哩。家里的人都有下地干活去了。"然后安子打来水，把毛巾浸湿，拧干递给我洗脸。

安子的家人对我的到来果真很热情，晚上，在皎洁的月光下设宴为我接风洗尘，我和她的父母喝着酒，安子就坐在旁边看着笑。一家人的热情纯朴，喝得我醉意朦胧。夜里，安子和母亲端着油灯送我到家里那张古老的木床上去睡觉，这大概是最高的礼遇了。

在安子家的两天里，安子带我去县城玩，她就像我想象中的一样娇小美好，我们一路走着，她紧紧地偎依着，我们还不会拉手，但分明感觉到心灵的跳动。

第三天，我要回去了，早晨，天还没有亮，我和安子吃了早饭后就上路。我们一前一后地走着，田野里，连片的水田在熹微的光线中，平静明亮得如一面面镜子，有趁早的农人已下地干活了。我问安子，我们这样走着要是被熟人碰见了，对你不好吧。安子说，我都不怕哩，你怕啥。走了不远，安子故意对在田里干活的一个妇女喊道："大婶，你这么早就下地来啦。"那妇女直起腰来说："噢，是安子呀，你家来帮忙的。"安子说："我带男朋友来家玩的。"走了一会儿，我们都忍不住地笑了。

下午，安子给我买好火车票，我们在候车室里一遍遍地说着保重的话，排队检票了，安子紧跟在我的后面。通过检票口时，安子突然一把抓住了我的手，我感受到她一向柔软的手有了巨大的力量，我停了下来，我看到她的眼里已一片红润，嘴唇在无声地翕动着。我抚摩着她的手，说："下次来接你去我家，你去吗？"她用力地点了点头，安子好久才松开手，我一边往列车上走，一边和她说再见，安子扒在铁栅栏上向我挥着手。上车后，打开车窗伸出头，忽然，我看到安子站在那里，已泣不成声，我不忍看她如此伤心，心酸地向她大声地喊着："安子，回去吧！"安子不走，哭得更凶了。她的手在空中划着，似乎想抓着什么，但什么也没抓到。火车缓缓起动了，我看到安子哭得蹲下了身去，两位好心的女检票员过来架着她向候车室走去，她的头还在往后朝我看着，大声地呼喊着我的名字。火车加快了速度，安子和月台越来越小，最后消逝在视线里。我醒过神来，脸上已是一片冰凉的泪水。

　　从安子家回来不久，我又被一家大型国有企业招去上班了，接着又是读书，我和安子再也没有见过面了。后来也失去了联系，安子的形象很快就在我的心里沉睡了过去。十多年过去了，经过了一次次人生的曲折特别是婚变之后，安子的形象又在我的心里醒来，初恋的忧伤和真挚蛰伏在我的心底，噬痛着我的心。

　　前不久，借一次出公差机会，我绕道去安子的家乡，想借此再见一下安子。凭脑中的印象，我找到了那家食品厂，但是，食品厂已停产了，工人都已下岗回家。我打听到安子婚后新家的地址，但已没有找下去的勇气。我站在这些陈旧的厂房前看着，轻轻地唤着安子的名字，想象着当年安子在某个窗口下给我写着一封封书信时的青春倩影，我痴呆了好久，难道初恋的情结在我的心里还没有结束？

给爱情让个位子

　　茶楼的名字很好听，叫常春藤，我们进去的时候，人不多，我和友人在二楼找了一个靠里的台子坐了下来，穿着蓝裙子的女服务员，马上给我们冲上了两杯茶，茶叶在透明的玻璃杯内洇出淡淡的轻轻的绿。大厅里低回着邓丽君的爱情歌曲："在哪里在哪里，在哪里见过你，你的笑容这么熟悉……"十分的撩人。硕大的玻璃窗外，是一条马路，听不到声音，只见车水马龙，如看美国大片，身旁的隔断是用铜条制成的，有藤有叶，高贵典雅。

　　一杯茶喝过后，大厅里的人渐渐多起来了。过了一会儿，一位服务员走到我们的台前，微笑着轻声地说："先生，不好意思，和你们商量一件事，有一位客人想和你们换一下位子，请我来和你们商量。"
我一听就不高兴了，有些人就是自私，看中的就想得到，从不考虑别
人的利益。我说："不换，我在这儿坐得好好的，凭啥把位子换给他。"
友人也说："这儿又没有什么特权，谁先来谁先坐，我们也花钱的。"
服务员仍微笑着耐心地说："其实，这大厅里还有其他的位子也是不
错的，换一下也无妨。"我说："那你就让他去坐就是了。"服务员还
想说什么，我打断她说："请不要打扰了好不好。"服务员无奈地走了。

这时走来一位陌生的男孩，穿着一身的黑西服，打着领带，他
站到我们的台前，脸涨得通红地说："两位大哥哥，是我想和你们换
位子的，我知道你们生气了，请你们原谅。"男孩的身子稍弯着，彬
彬有礼。他说的意思是，他和女朋友初次约会就在这个位子上，从此
两人就约定好了，每个周末相同时间就到这个位子上来相会，几年了，
一直这样坚持着，从没有换过位子，这个位子已是他们爱情的见证。
今天，他来晚了，位子给我们坐上了，他的女朋友马上就要来了，他
很着急，并说只要我们跟他换位子，出什么条件他都可以接受。

听了他的叙说，看着他的真诚，我和朋友愣住了，没想到，我
们坐在一段浪漫的爱情故事上。我们什么要求也没提，就立马把位子
换给了他。后来的位子，虽然没有前一个位子好，但因为做了一件成
人之美的好事，心里滋生出了一份甜蜜，喝着茶水慢慢地啜饮着。

喝完茶，临出门时，我转过去，悄悄地瞅了一眼男孩的那个位置，
一个女孩子，穿着一身的白衣服正和他坐在一起相依相偎喁喁私语，
窗外的阳光洒满了他们的一身，顿生了许多诗意。我的心里一阵感动，
心想在这个拥挤而喧哗的世界上，我们应当要为爱情让出一个位子。

选自《安徽文学》2017年第2期

路遥的婚恋历程

佚名

2009 年 11 月 17 日是著名作家路遥逝世 17 周年纪念日。作家贾平凹曾这样评价路遥：写小说的路遥自己成了人们的小说。

无论在路遥的作品《人生》，还是《平凡的世界》中，流露的悲剧情结屡屡打动了一批又一批读者。而了解了路遥生前自己的爱情故事，也许更能体会他传递的这份情结。"看完路遥自身的爱情故事，我才理解他的小说。他的作品处处都流露出路遥自己人生的影子。"

初次相遇便恋上北京女知青

路遥与北京姑娘的初恋也是一种缘分。1966 年初中毕业返乡的知青路遥曾非常风光，是延川县城最有权力的人物，他领着 8000 多名红四野造反战士所向披靡，1968 年又作为群众代表，被推选当了县革委会副主任。延川县城好几个声势浩大，气派宏伟的群众对敌斗争批判大会由他主持。会场主席台的左侧常设两个男女领着群众呼口号者，那女的便是玲珑小巧的林红。路遥说他和她第一次相遇时彼此的四只眼睛就对视了一下，光线对在一起了。姑娘对路遥豪爽、有气派、不拘小节颇有好感。路遥眼神经常瞅着林红的一举一动。在别人不着意的时候，他便把眼睛转到她的脸上久久地不愿离开。

林红所在的延川县战备文艺队驻在县城的半山上。她每天吃完下午饭，都站在崖畔上朝山下的文化馆院子眺望。在文化馆帮助曹谷溪编辑文艺小报《山花》的路遥，此时也不约而同地站在院子里，眼睛望向山腰间。那真如陕北民歌唱的一样："你在山上我在沟，拉不上话儿招一招手。"

那年元旦过后，延川县战备文艺宣传队散伙了。白炜为掩人耳目，把林红和另外一个演员留下来整理道具，清理服装，目的是让路遥与林红正面接触。他有意把另一位安排在政工组院内清理卫生，将林红领着进了文化馆院子。推开靠左的第一孔窑洞时，林红见路遥正和衣躺在床上看书，害羞地红着脸拔腿就跑。

"你这叫干什么？林红，你咋能这样？既然有好感想谈恋爱，为什么怕见面，怪事情！"白炜生气地追上后语气柔和了，林红只好跟着他重新进了路遥那间临时暂息的，朋友的办公室。

"你们谈吧，好好谈，我把大门锁住。"白炜哈哈一笑，拿着钥匙回到政工组。下午五点钟，县革委会食堂开饭时间到了，白炜把门开了锁在外边喊叫路遥的名字，好久好久，叫不出路遥和林红。当日晚上失眠的路遥说："白炜老兄，我今天和那女孩可亲美了。"

铁了心一生只爱"林妹妹"

后来，路遥作为县革委会副主任，率领一个工作组，进驻延川县百货公司开展路线教育，公司的主任成了头号整改目标。随同路遥进驻百货公司的一个成员，便是路遥的女友。

现在两人又在一块工作，关系更加密切了起来。有一段时间，林红返回插队的楼河村里办事，寂寞难耐，她和路遥就只好白纸黑字，鸿雁传书。

一个多月，林红给路遥写了八封长信，平均四天一封，那些语言缠缠绵绵的情书给了路遥初恋爱情的滋养。他高兴得不得了，连蹦带跳跑到延川县著名诗人，时任县委通讯组组长曹谷溪那儿，绘声绘色地给曹谷溪报告了林红和他的爱情秘密。

曹谷溪问："你们亲口没有？"

"没。"路遥说。其实他是怕诗人笑话，才没说真话。

"瓷脑。"曹谷溪骂路遥。路遥只是憨憨一笑。那时，路遥铁了心，一生只爱这个"林妹妹"。

把招工指标让给初恋女友

1970 年春，国家在插队知识青年中首次招工，林红体检不合格。那时，县上决定把路遥送去当工人，指标有限，两人只能走一个。路遥把自己当工人的指标让给林红，又通过几个铁杆朋友周旋，事情成功了。

正式招工通知下来后，林红按捺不住兴奋，飞快地跑到文化馆，把自己招工的事情告诉路遥。

"招上了，这次工作地点好，工种好。"路遥一连说了几个好。但他那激动的情绪刹那间消失了，随之而来的几乎是一种无声的哽咽：她要离开山沟了，她要远走高飞了。他也立即认识到面前她和他近在咫尺，可他们之间相隔的距离仿佛太遥远了。

"你明天请假，咱们一块到山上玩玩。"林红很快看出自己的好消息在未婚夫那里引起的反应，于是转了话题。

"今天中午我请客，为你当工人祝贺。"路遥说。

饭后，路遥骑了自行车赶到郭家沟从家里拿了四斤棉花，又往城里走去。

细心的路遥，请人缝了一床大红花被子，送给了林红。林红走的前一天晚上，他从林红那儿回到白炜办公室已是三更，睡了没十分钟，给白炜打了个招呼，又走了。早晨白炜正在穿衣服时，路遥进门说：老兄，我今天可丢人了，我和林红在河沿的石畔上亲嘴哩，不知不觉天大亮，被倒尿盆的人看见了，他还喊了一声。

"林红呢？"白炜问。

"坐六点二十分的车走了，"他感慨地说："延川少了一层风景。"

受审查时，收到女友断交信

路遥心爱的姑娘去了某市当了工人，离开了陕北。林红第一个月的工资全部寄给了路遥，信中明言，让他买香烟抽。第二个月寄回一条宝城牌纸烟。不知什么原因，慢慢地由一月一封信减少到三月一封信，到后来一年也不通一封信。此事对路遥感情损伤很大。苦恼中的路遥，屋漏又遇连阴雨，浑身长出许多疮，折磨得他两个月不能行走。一天县革委会军代表找到躺在病床上的路遥，对着他这个当过一派头头叱咤风云的人物宣布一个文件：经县革委会核心领导小组研究决定，停止路遥的县革委会副主任职务，进行隔离审查。

生活中总有许多说不清道不明的巧合事件。就在上边宣布对路遥进行审查的当天中午，一封来自内蒙古要与路遥断交的信刺痛了他的心。原来，林红当了工人后对路遥的爱出现了"举棋不定"（路遥当时是农民身份），便写信给内蒙古插队的女友征求意见，想不到那位女友不等林红同意，便代写了断交信寄给路遥。

船破偏遇打头风。风云一时又无比倔傲的路遥这一次可是从崖畔上掉到沟底了。这个少年得志而又突然中道崩阻的失败者，难以承受这种暴风骤雨的打击，他哭了，哭得肝胆欲裂。

路遥的好友，诗人曹谷溪来到路遥的住处，语气铿锵地对路遥说："一个汉子，不可能不受伤，受伤之后，应该躺到一个阴暗的角落，用舌头舔干身上的血迹，再到社会上去，还是一条汉子。那个官能当就当，不能当算球了，又不是先人留下的，有什么撂不开的？林红走了，那算个屁事，世上好女人多得是，又不是死光了，不值得你哭鼻流水。"

好朋友的肺腑之言成了路遥感情历程中最重要的支撑，仁义之君的曹谷溪、白炜又为路遥重新交往女友暗暗做着铺桥打路的奠基工作。

第二段恋情在暗室中"显影"

罢了官而又失了恋的路遥，回山沟沟当了民办教师，重新过起物质上穷困和精神上孤独的生活。他只好用写作来充实自己，时而在曹谷溪主编的《山花》上发表诗作。

曹谷溪在县委通讯组正要举办的新闻报道培训班名单上多加了一个人，那便是民办教师路遥。培训班结束后曹谷溪又把路遥借调在县委通讯组。没地方安身，路遥就住在曹谷溪办公室里，俩人同住一条炕，共用一个书桌。路遥与经常来此与曹谷溪商量工作的林达，自然抬头不见低头见。林达的风度和特有的气质，使路遥又看到了当年林红的影子，而林达与他亲热来往，使得路遥重新燃起了一种希望的火花。

曹谷溪有意识地让通讯干事林达带着路遥到贺家湾公社去实习采访，又让俩人骑了一辆自行车。乡下回来，路遥觉得有许多话要向林达倾吐。但林达住的是集体宿舍，而路遥和曹谷溪住的窑洞又门庭若市，在一个古老而封闭的小县城里，青年男女两个人又不能在马路河畔悠闲地漫步，路遥请曹谷溪想个办法。曹谷溪就在他的照相暗室，一间平房分作两部分，前半部分放办公桌，可以做案头工作，后半部分修了蓄水池，通了自来水，安了个灯光，可以洗相放相。除了通讯组长曹谷溪，谁也不能涉足那个领地，他把路遥和林达领到这里，开了门锁，等他们进去之后，又带上门，开始封锁了一个正在进行的秘密。

暗室对那个时候的路遥来说，太美妙，太理想，简直是他的伊甸园和方舟，只要林达有空闲，他就找曹谷溪要钥匙，别人面前不好明言，就写条子递上去，曹谷溪就偷偷把钥匙塞给路遥。在这个暗室中，曹谷溪许多重要的摄影作品都是在这里冲片、显影、定影的，此时，路遥与林达的爱情故事渐渐也从这里开始显影。

离世时如此孤独

与路遥渡入爱河的林达，不知是牵挂昔日的好友，还是要把事情做得光明正大，她风尘仆仆地去了林红工作的某市，林红已做了一位军代表的妻子，她与林红躺在一张床上，同盖一床被子，她把自己与路遥相爱的事给林红作了通报，林红听后哭了，整整一夜都是不停地落泪。

握别林红，林达向母亲报告了她与路遥的相爱，征询母亲的意见。母亲要她讲讲路遥是怎样一个人，她滔滔不绝地讲着路遥的才华、勤奋、毅力……未了，母亲问："你讲的都是路遥的优点，路遥有什么缺点呢？"林达一时语塞。母亲说："你不知道他的所有缺点，就说明你并不很了解他，你们的事缓一缓为好。你先得冷静下来，拉开距离之后看看。从某种意义来说，只有当你愿意接受和包容他的全部缺点的那个人，才能成为你的生活伴侣……"

听了母亲的话，回到延川工作生活的林达，果然与路遥拉开了距离，好久不再同路遥去进那个冲片、显影、定影的暗室。

旧梦刚刚过去，新梦刚刚开始，难道我又要失去心爱之人？路遥受不了，他对曹谷溪说："林达不和我好了……"在曹谷溪面前，路遥第二次痛哭流涕，像一个受伤的孩子。

冬去春来，一年一度的春节到了。曹谷溪回到妻儿当时生活着的延川县刘家沟村过年。而拉开距离许久的路遥和林达俩人骑一辆自行车，大年三十回到郭家沟看望养父养母，正月初一就一同到刘家沟去看曹谷溪。曹谷溪找大队领导把北京知青当年住过的窑洞收拾打扫了两孔，安顿路遥和林达住下，然后就一日三餐地给他们大碗吃羊肉，大碗喝米酒，酒足肉饱之后，就让他们回到窑洞甜甜蜜蜜，喋喋不休……路遥和林达一住就是八天，之后林达写了篇散文《在灿烂的阳光下》，交给曹谷溪在《山花》上发表。林达就用这种特别方式向世人宣布，她与路遥的爱情之旅步入大道，以至遥远……

林达和路遥相爱两年后结为伴侣，可惜在 1992 年路遥逝世三个月前，两人签了离婚协议。

而从王天乐在回忆文章中可以发现，在 1986 年秋冬，写《平凡的世界》第二部的路遥曾有过一段婚外情，当时路遥还将三封很长的恋爱信给王天乐看，随后，路遥还叫上王天乐一起去看这个女人，但半年后这段恋情以告吹结束。

路遥强烈地爱着这个世界，而他离开这个世界时竟然显得那么孤独。

（注：该文原载北京青年报 2012 年 11 月 16 日，选自百度网）

深于情者（外一篇）

■ 李成

　　真正的作家都是深于情者，对于人、对于事物没有很深的感情，没有爱，是写不出感动人的文字的，这恐怕已是极简单极普通的道理。但是，我观当代尤其是当下作家的作品，真正流于真情者，还是比较少。

　　最近读孙犁先生的文章，再一次感到孙犁先生是一位有深厚感情的人。他对祖国，对乡土，对家人、友人，都是全心相与，爱得真挚、深沉，虽然他外表看起来是一个孤僻的，似乎对一切都比较冷漠的人，其实他的心底始终流淌着爱的热流。

　　一个人对世界的爱，是可以从他对异性的情感与态度反映出来的。一部伟大的作品，必然蕴含着作者尤其是男性作者对异性的同情、怜惜、尊重与爱。《红楼梦》是这方面的极致。

　　孙犁也可以说是一位伟大的作家。他的一系列小说如《风云初记》

《荷花淀》《山地回忆》《铁木前传》《村歌》，都塑造了动人的、甚至是接近完美的女性形象，在当代文学人物画廊中显得比较独特，其清新、淡雅的气质十分突出。

这一切都源于他对异性的认知与感受，源于他对异性之美的发现与喜爱。

孙犁在生活中就是这样，我们读他的散文就可以发现，他对异性更不设防，更容易敞开心扉，更容易流露情怀，有时候自然会产生爱情，这些爱除他的婚姻外，虽然都没有结成"正果"，但都长时间留在他的心底，直到晚年还勾起他绵渺的回忆，含着痛楚与喜悦，将之形成一篇篇文字。

读这样的文字是一种享受、一种升华，也是一种惋惜、一种喜悦。

我们都知道，孙犁很早——大概是十六岁就应父母之命、媒妁之言与一位大他三四岁的女性结婚。他们的婚姻无疑是真正的包办婚姻，他们在结婚前，勉勉强强算是见过一面，但是，在孙犁这里，这样的婚姻未必就完全没有爱，虽然不会如现代青年那般卿卿我我，但依然会有眷恋、思念，有同命运共呼吸的亲切相依、相濡以沫，血缘亲情般的不可割舍，所以，他在晚年才会一次次回忆他们的婚姻，纪念已经去世多年的妻子。

他这样记述妻子给他留下的第一印象：

"订婚后，她们村里唱大戏，我正好放假在家里。她们村有我的一个远房姑姑，特意来叫我去看戏，说是可以相相媳妇。开戏的那天，我去了，姑姑在戏台下等我，她拉着我的手，走到一条长板凳跟前。板凳上，并排站着三

个大姑娘，都穿得花枝招展，留着大辫子。姑姑叫着我的
名字……姑姑的话还没有说完，我看见站在板凳中间的那
个姑娘，用力盯了我一眼，从板凳上跳下来，走到照棚外面，
钻进了一辆轿车。"（《忘人逸事》）

五十余年后，还念念不忘"人生初相见"的第一眼，说明他早
已把妻子美好的印象深深地印在心上，并常常要不自觉地去回味。

生活往往都是以细节组成的，许多细节往往让人刻骨铭心，牵
肠挂肚。生逢战乱，自然聚少离多，与家乡、亲人暌违多年，一旦战
争结束，自是归心似箭，孙犁日夜兼程，跋山涉水，一路风尘仆仆。
且看他与家人相见时的情景：

"黄昏进家时，正值老父掩外院柴门，看见我，回身抹泪。进屋后，
妻子抱小儿向我说：这就是你爹！"

寥寥数语，人间朴素的情感殷殷渗出，力透纸背。至今读来犹
令人酸鼻。

凡写到他们夫妻的恩爱、感情，孙犁往往都是这样只以寥寥数语，
然而却十分醒目、令人难忘。 如《移家天津》，孙犁写接妻儿到天
津的经过，其中有一点小小的曲折，在路上耽搁了两天，文中一段话，
颇可注目："第二天一早，告别店主，一家人上车赶路，天晚宿在唐
官屯店中，睡在只有一张破席的炕上。荒村野店，也有爱情。"确实，
这也是一种"爱的踪迹"。

在这之前还有一次，他送妻女回家，坐在农村用牲口拉的那种
大车上，因为天气还冷，妻子将双手插在他的棉袄口袋里，在夕阳照
耀下，显得很幸福。

孙犁把这一瞬间的情景捕获，说明他非常在意妻子的情感表现，妻子的幸福表情是他对她的爱的折光。

孙犁是一位作家，也是一位诗人，虽然他晚年不再提浪漫主义，其实他这个人，他的小说、散文、诗歌，有许多地方都流露出浓郁的浪漫主义气质，一句话，就是有很浓的诗意。

当然，他对异性的情感并不止于夫妻恩爱，事实上，在他的一生当中，他对异性有许多美好的感觉甚至幻想，有的还达到了缠绵悱恻，如慕如怨的程度；但他又是一个传统型的人，恪守做人的品德，何况对原配也是有爱、有感情的，所以他对异性的爱慕往往都是发乎情、止乎礼。愈是如此，愈是显示出他情怀的丰富与持守有度，愈是有张力，所以能够深深地感染人。

孙犁对妻子之外的异性生发爱慕与恋恋之情始自青年时期。他二十岁高中毕业那年，保定育德中学办了一所平民学校，他被聘为"女高二级任"。在他的班上，有一位女学生引起了他的注意，因为她是班长，坐在最前排中间位置。直到晚年，孙犁还清楚地记得：

"每当我进来，她喊口令，声音沉稳而略带沙哑。她身体矮小，面孔很白，眼睛在她那小而有些下尖的脸盘上，显得特别黑特别的大……"

这位女生很有才华，功课、大楷、绘画都极好，也很能写作文。她大胆地表示自己的情感，写很长的信寄给孙犁。后来因为通信，孙犁还遭到解聘。但孙犁不会忘记：

"我的讲室，在面对操场的那座二层楼上。每次课间休息，我们都到走廊上，看操场上的学生们玩球。平校的小小院落，看得很清楚。随着下课铃响，我看见王淑珍站在她的课堂门前的台阶上，用忧郁的、大胆的、厚意深情的目光，投向我们的大楼之上。如果是下午，阳光直射在她的身上，她不顾同学们从她身边跑进跑出，直到上课的铃声响完，她才最后一个转身进入教室。"（《保定旧事》）

二十世纪三十年代，这样大胆而热烈地表白爱情的女子实属难得。后来，这位女生因为眼疾住进医院，孙犁还去看她，她对他说了情意深长的话。她的母亲还到学校找过孙犁一次。但是，这是"三十年代，读书时期，国难当头，思想苦闷，于苦雨愁城中，一段无结果的初恋故事"。晚年的孙犁对他的初恋对象仍有一份牵挂和祝福："我不知道，生活把王淑珍推到了什么地方，我想她现在一定生活得很幸福。"

1944年，孙犁从冀中到了延安，在这里他在鲁迅艺术文学院任教，也有一段小小情感际遇。她也曾经是他的学生，而且是一同走到延安去的。在延河边，他们谈将来、谈文学、谈英语，但她却大胆地表白：她只想结婚。这意思是非常明显的。大约是孙犁先向她发出求爱的信息，她很快就回信，一口答应了。但是，估计孙犁割舍不了对原配的情义，又很快反悔了。就在她答应和他缔结同心之时，他们也只是在延河边上一同散步十分钟，临别时，他还保持老师的严肃习惯，连她的手也没有握一下。所以，孙犁晚年读《易》，认为自己变化无常，伤害了人，"一生不能原谅自己"。大约这位女士的名字里有一个"梅"字，所以他在《病期琐事——太湖》一文的开头说："梅，对我是无缘的。"但是在《读〈易〉忆梅》中又说："事实是，梅对我是有缘的，是我负了心。"这样的矛盾与缠绵悱恻也只有深于情者才会有的。

由于长期的辛劳，孙犁在1956年春病倒了。到了秋天，病情加重。"就像一个突然撒了气的皮球一样，人一点精神也没有了。"家人朋友对他的身体都很悲观。在同志们的劝说下，他到外地疗养，先是到了济南，后又到南京、上海、北京等地，经过一段时间的治疗、休养，他的身体渐渐好转，"证明之一，是我开始又有了对人的怀念、追思和恋慕之情。"1958年1月，他到青岛疗养院继续调养身心，在这里，他整天与护士和护理员打交道，这些农村来的女孩子淳朴、可爱，也周到、细心，对病中的作家是一种慰藉，但相处一久，就不免产生感情。其中一位二十岁的姑娘拨动了孙犁的心弦。她"个子不高，梳两条小辫。长得也不俊，面孔却白皙，眼神和说话，都给人以妩媚，叫人喜欢。"慢慢熟识后，这位姑娘送他一副用蓝线绣着牡丹花的鞋垫，孙犁觉得这是一份情意，他把农村姑娘的这份情意看得很重，就收下了；他见她没有棉衣，就给她一些钱，叫她去买些布和棉花做一件棉袄，她也收下了。后来，他又转到无锡太湖边上的疗养院，来到新地方后，他非常思念在青岛结识的这位女孩子。他常琢磨他们分别时她说的话："到了南方，给我买一件丝绸衬衫寄来吧。"感觉这也是一种情意。但是，他还是克制住了自己，没有将感情进一步往前发展，认为："对我来说，人在青春，才能有爱情，中年以后，有的只是情欲……这样的年纪，陷入这样的情欲之网，应该及时觉悟和解脱。"（《病期经历》）

因此，他挥剑斩情丝，将她送的照片、手帕从口袋里掏出，包上一块石子，抛到了太湖的深处。他以为这样就可以结束这一段恋情了，但是，"情意的线却不是那么好一刀两断的。夜里决定了的事，白天可能又起变化。断了的蛛丝，遇到什么风，可能又吹在一起，衔接上了。"果然，这位女孩因为能干，后来调到了北京，孙犁在六十年代来北京还见过她。"她出入大会堂，还参加国宴的招待工作，她给我表演过给贵宾斟酒的姿势。还到中南海参加过舞会，真是见过大世面了。"并感叹："女孩子的青春，无价之宝，遇到机会，真是可以飞上天的。"

孙犁在晚年"赋悼亡后"的情感经历，主要是他的续弦与离异。他们是经人介绍认识的，但孙犁一见她的照片就颇为倾心，给她写了一百多封情书。因为儿女反对，他甚至躺在床上"耍脾气"，拿他的话来说，就是"有些破罐子破摔了"。最后，他们终于结合，但还是因为思想认识不同、个性差异太大而分道扬镳。

但孙犁仍然不会忘记，"伴随她，我曾在黄昏时踌躇；去石家庄，找人找住处。披星戴月，赶开往家乡的长途汽车。在大风沙中过摆渡。一次，往返四十里去县城，给她接洽工作，犯了前列腺炎，倒在路旁的禾场上，差一点出了大事。"

能这样做，能做这些，在孙犁可以说是十分不容易的，可见他一往情深。他甚至认为这是他患难的一生中必经的一步。

离异后，孙犁基本上已关上了他的情感之门。即使是前面说到的那个"梅"（其时她也已经孀居），他也不再考虑再续前缘。请看这样一段对话：

闲话间，她（梅）弟弟很关心我的生活，并说：
"如果再找老伴，最好找一个过去有过一段感情的人。"
我说：

"我太老了，脾气又太怪，过去有过感情的人，现在恐怕也相处不来了。爱情和青春同在，尚且有时靠不住。老了，就什么也谈不上了。"

我们说，一个人的历史也可以说是他情感的历史，其中对异性的爱慕，应当是情感河流里最动人、最绚丽的浪花，是他灵魂深处美的外现。我们通观孙犁的情感历程，觉得是那么婉曲，那么细腻，这是他灵魂秀丽一面的体现。他是一位真正的深于情者，无怪乎他能写出如诗如画的作品，塑造清新可爱的女性，使他的文字具有不朽的魅力。这正印证了歌德的这句名言：

"永恒的女性，引领我们上升！"

梅

孙犁晚年的小说《忆梅读〈易〉》，我读了多遍。我也不知这是为什么。也许其中的两句话深深地打动了我。一句是"梅，对我是无缘的"，另一句是"事实是，梅对我是有缘的，是我负了心"。我总觉得这两句应该是我说的。因为我的生命中也曾有一株"梅"。

我的那梅是我中学的同学。初中时是同学，到了高中还是同学，只是初中不是同班。也许是因为我那时性格比较张扬，显示出那么一点"才气"，所以博得了她的好感。我听一位同学说，她常在他面前谈到我，我认为也不过只是一些好感而已，并不在意。那时，我的那颗少年心是多么的狂野啊，那真的是可以拿云逐日！何况她也谈不上多么出众，长相也只能说比较端庄而已。

有一年的暑假，我正坐在家里温习功课，忽见邻村一位叫"莲"的女同学从门口经过，她打声招呼跨进我的家门，嗖地扔给我一个纸团，而自己却站到我的书橱前浏览起我的藏书来。我打开纸团，匆匆看了几行，见上面写有"暑假打算怎么过，要读哪些书"等话语，落款还有一个"梅"字，以为是梅心血来潮，要在暑假结成"互帮互学"的对子哩，便不在意，从座位上站起来，陪着"莲"挑书。送走了"莲"，我再读那纸条，见上面还有"你写给我的信，我已收到，但当时面临期末考试，没有及时回复"等语，便有些吃惊，也开始明白这张纸条的意思。我连忙赶到"莲"家，问是怎么回事；莲告诉我，梅在她的课桌柜斗里确实收到一封向她示爱的信，是用铅笔写的，她自认为是我写的。我立即声明自己从未给梅写过信，而且我也从不用铅笔给人写信，我把纸条还给了莲，就回家了。

我本以为事情到此为止，没想到，一年多以后，我在大学读书，却又收到一封署名"阳冰"的信，说我"考取大学以前热情似火，考取以后冷若冰霜"。还介绍自己落榜后复读的情况，我一看就知这又是梅的信，便给她写了一封信，并说明这是我给她的第一封信。我记得她好像还回信略表了歉意。如果事情到此结束，彼此清清爽爽，会留下美好的回忆，多好，我也就不会在未来的日子"赋得永久的悔"。

幸抑或不幸，那年暑假我回乡，我的初中老师找我去给他在暑期办的"辅导班"教几节语文课，我觉盛情难却，不顾父亲的反对，跑去代课。梅也在那里。她第二次高考成绩还没下来，但很自信。我的那位老师背地里对我说，梅是如何对我念念不忘，意思是劝我接受她的那份情。我也时常感受到她对我的亲切。但我心里并不怎么情愿，我的心里有一个朦胧的爱的影子，她是我大学里的同学。

但少年的心意多么脆弱，少年的心思也像夏日天空中的云彩，极易变化。快到暑假结束，梅带她弟弟去县城，路过我家，便进来玩。本来一切也很正常，我挽留她们吃午饭，但她弟弟执意要走；梅回过头来，深深地看了一眼，那眼神饱含着歉意、眷恋，也饱含着欣悦、怜爱，更饱含着亲切与深情，仿佛我们不是普通同学，而是相爱多年的恋人，两心相悦相通无间然，我的心霎时被这目光击中而颤抖起来，并开始融化。后来我读到《西厢记》里的句子："怎当他临去秋波那一转！便是铁石人也意惹情牵。"真是"于我心有戚戚焉"。这是我这辈子最难忘的一瞥目光，也是最美的目光。我后来常想，即使我们后来结局并不美好，而且是我负了她，背负着无尽的愧悔，但我曾收获到如此眷注的目光，也是幸福的。

接下来，我给她写诗，很快建立了情意。我暑期结束返校，她赶到我家送我，我慌慌张张亲了她一口，这真是纯洁的初吻，也是一生难忘。随后，她到另一个城市上大学，我乘坐三四个小时的火车去看她，我们便像真正的恋人那样拥抱在一起。这是我第一次这么亲近一个女性，女性身上那种温馨气息令我心醉神迷。我们徜徉在校园里，对美好的景色倍感心悦。梅的大学里有我许多同学，所以我对它也就不感到多么陌生。大家相见甚欢，聚餐饮酒，简直像一群快乐的王子。有一次，我睡在一个同学的宿舍里，大清早还没醒，忽见蚊帐里伸进一个人头来，脸上带着关切和笑意，是梅，她来探望并喊我去吃早饭。我那一刹那，真的感觉到她就是我的亲人。还有一回，却是傍晚，中午我喝多了酒，醉意未尽，但我还得赶回江城自己的学校，梅便护持着我，把我送上火车。火车上的乘客都含笑用赞许的热情的目光看着我们，我心底也生出骄傲。

梅的性格多少也有些外放。她喜欢旅行看风景，访同学。她来到我就读的大学，我当然要带她四处逛逛，有时还不惜逃课。夏日我们坐在江边的大堤上，吹着江风，欣赏着浩浩江流，曲折地向东流去；也看着江上一艘一艘缓慢驶过的轮船，听着江边柳林中密集的蝉噪。天地无穷，景色迷人，天地间只有我们两个，情不自禁紧紧相拥，啜饮着爱的甜蜜。春天来了，她还要我陪她到另一座江南小城去看她的弟弟和一个亲戚，在那座城市里，我们受到热情款待，满桌当地风味的菜肴，让我得窥江南城市的生活底色。我们甚至远足到江南山区，第一次看到无尽的逶迤的青山，无尽的迢迢的绿水，无尽的灿烂的桃花。我的心虽然因擅自脱离校园而有那么一点隐隐不安，好在那时的大学还比较开放，我有把握不会受到太大的责罚。我每学期会有三四次往返于两所大学之间，我甚至跟随她去图书馆看书，到教室上自习，到书店买书，也尝尽那所大学小摊贩所出售的小吃。放假回到家乡，两家也有来往，多少也像亲戚了。到了农村"双抢"时节，她家田地比较多，我也要去帮忙，割稻、插秧、脱谷，好像还动员妹妹去支援过。收工回来，吃到腌制的鱼、肉、泥鳅，饮自家酿的米酒，似乎比我家还更有乡土风味。晚上和他的父亲、弟弟们赤膊睡在大床上，看到蓝幽幽的天空上闪烁着的星星，这一切我都没有经历过，自然是很觉新鲜。

但交往一年多以后，我们之间开始产生嫌隙。主要的是我这个人对人生有许多幻想，常常是大言炎炎，而不免要被梅泼泼冷水。另外，她寒暑假总喜欢拉着我到同学家玩，而我的心总还是在书本上，便常常感觉不快，这样对她的一些做法也会有不满。我的父母原先对她也有好感，但这种好感却在逐渐丧失。特别是有一个学期中间，梅擅自离校回家，还拍了一封电报说"家中有事，速归"，让我着急忙慌地赶回来，这让我父亲颇为生气。何况这时候，我正在大三紧张的学习阶段，我的同学都在纷纷准备考研，而我还这般与女友游山玩水，我的不安在日渐扩大；对毕业后去向问题的考虑也更加沉重地压抑在我心头，我感到前景茫然，一点都看不到光明，因此觉得再也不能这样下去了，便有改变自己的愿望，也有意无意地开始疏远梅，及至过完大三那个暑假，我便提前返校，而且没有与梅相约同行。我到了学校，找了外系一个空宿舍住下来，读书写作，与有写作经验的老师谈诗论文，恢复到恋爱前自由翱翔于文学海洋的状态，获得一种自由自在的快慰。

新学期开始，我收到梅的一封信，指责我不告而独行，并提及我种种"不是"之处，我看了以后，怒火中烧，便按捺不住给她回了一份言辞激烈的信，将积累已久的对她不满与对自己前程倍觉黯淡的烦恼一股脑儿倾泻出来。她接到信后，匆匆赶到我的学校，也不知怎么就顺利地找到我的住处，叩开门来，本来还带着希望的表情，见我对她已较漠然，她不禁潸然泪下，说了些要改变自己和不想分手之类的话，她悲从中来，一边哭着，一边将我给她的这份绝情的书信一火焚之。我只得安慰她，说我们先分开一段时间再说，我再也不能像以往那样下去了，随后就送她到与她有一点亲戚关系的一位女同学那儿就寝，从此我们没有单独来往。

但是这一段恋情在我们的生命中刻骨铭心，这一点是否认不了的，因为我们都是初恋。此前，我从未这么亲密地接触一名女性，我相信她也是。我终于做了一名我以前所不愿意做的"负心人"，正如孙犁在《忆梅读〈易〉》中所说："她很快就回信，一口答应了。我很快又反悔，这对她的伤害太大了。我一生也不能原谅自己。"确实，这场恋爱不仅在梅的心里画上了巨大的裂口，在我的心里也留下了很深的疤痕，我的一生中都常常有一种愧悔之意来袭。

这是我二十岁以前的事，那时一片纯情浪漫，涉世不深，天真未凿，一场不期而至的爱情，也可以说是让我得到置身伊甸园一般的体验，从这个角度说，愧则有之，悔却不必。

记得两情相悦的时候，我们在山野里漫步，在河滩上牧牛，也曾有脉脉含情地相望，也有许多浪漫的想象与憧憬。我们曾到我读书的城市郊野访梅。哪里有一座初辟不久的公园，在荒野之中，一切都还未经人工修葺，这反而有一种朴素自然的原生态之美。我们去的时候正是仲春，我们没有找到梅树，在山巅水涯，多的是桃、杏，红日高照，风吹罗裳，枝头花红灼灼，而树下也有落英缤纷，那么多游人，在山径上匆匆走过，个个兴致勃勃来看花，这情景也是我第一次见到。我们斜倚在草坡上看风景、看"看风景的人"，心中翻腾着青春的激情，我们并不以未见梅花而觉遗憾。一年多之后的初冬，我随班级的同学来游，这里已整饬为一个规范化的公园。我们在一个小园里见到了一片梅林，株株斜伸着枝丫，枝丫上已跃动着红色的花苞，已有梅花开放，更多的是含苞未放，时值黄昏，寒意渐浓，而确实有一种暗香浮动在空中，我想起我当初与梅手牵手在这座公园里漫步的情景，也有一种空虚感袭上心头，眼前的梅朵，也仿佛是欲语未语的嘴唇，含愁凝怨的眼眸，让我不忍久视，便转身返回……

选自《桐城文学》2017 年第 1 期

宋城九帖

陈峻峰

壹

宋城汴梁的上晚，华灯如白莲初绽，宽阔的新区大道有一种现实迎接和推进的力量，依稀记得的那些原有古老遗存的街巷和民居，不知何时被公共决策、时代意志、商业谋略摧毁和清除。猜想一定是在表示了间或私下的一缕文化惋惜和同情之后，对历经漫长岁月剥蚀的破败和颓废，进行了断然的决绝，让《清明上河图》定格保留于仅仅属于艺术经典的遥远记忆。及其民间可能生出的一份历史和人文的缱绻追怀，也在清早震撼大地的推土机的轰鸣声里，变为一地瓦砾碎片。时至今日，想必也就荡然无存了。

承认、接受、习惯、适应，终成为我们必须和必要面对新生活的态度。

这种变化和更替，在我们的这个时代，不仅仅发生于汴梁古都这一座城市。那些不断上升的建筑物体和膨胀野心，渐日高过我们的额头和眼睛并在我们的精神深处投下阴影。现代化甚至不肯让出一寸空间，给民间持守古典优雅的人们存放记忆，抚慰岁月忧伤的情怀。

贰

这是农历戊子暮春，准确说，是公元 2008 年 4 月 8 日的上晚时分，我从河南大学打的到设在新区的一家百年传统小吃老店，不用说，你也知道是小笼包子，去赴一个从未谋面的女子的约请，她就是宋。宋城的宋。宋词的宋。其时略有不安的心情，让我根本敷衍塞责了沿途的景象，很抱歉，我诸多关于汴梁的猜想现在看来，委实没有多少根据。

确切的是，约定的地点到了，付了的费，下车环顾，几乎无须辨认，只一眼，我就认出了等我的那位汴梁的女子：着意一身红装，但素朴无华，清水芙蓉，平常人家，对我几乎也是无须辨认，便向我飘然而来。

这可能是个原因。于是，从此一时刻开始，我便转换我对这个城市的称呼，叫它开封；与我相约的这位女子，我开始叫她飘儿。

叁

都认定这是一场艳遇。这个充满了许多可能的时代，我们总是会臆想杜撰出许多自己的和别人的，超出事实的暧昧和传说，以及委婉曲折的情节和细节。物质的喧嚣和狂躁，越发比照了现时代人们生存的艰辛和内心的孤独。我们就是这样杜撰着困乏疲惫的生活，能够发生一些意外、绯闻、惊喜，或者艳遇。

那么就希望这是一场艳遇吧，希望是比杜撰的还完美的一见钟情吧，需要的话，我可以提供背景和供词。因为在网上、书上，潜心读过她纯情娟秀的美文，并与之作过关于写作的争论和交流，是否可以说与之相知；同时无端地在我远远的豫南也猜想过她远远的绰约和丽姿，及至具象的那般一个小模样儿，因此是否也可以谓之相识。因此在刚才，我一下车，你知道，她就飘然而至了；来到我的跟前，一脸她抒情美文般的挚纯和娟秀。她给出的样子，是让我辨别，是让我鉴赏，是让我看她，是不是我想象中的那个女子。其实这是一般情况下，一个陌生的女子和一个陌生的男人毕竟初次相识的小小打问，潜藏着台词。

我没说话。我好像是用了一个动作或者一个表情，对她进行了回应。

肆

选择了临窗的座位。这样，从落地的玻璃窗，我们能观赏到开封上晚大街的世态光影，当然换个角度，从大街那里也能看到我们两个人的世界，两个人的风景。艳遇既然可以臆想，不如索性令人艳羡。于是落座后，我的目光便对她有些故意和顽皮了，故意地端详，故意地欣赏，最后落向了她的那一身红装。我就那么有信心相信，这红装是专门为我的妆饰。红得纯净水艳，红得令人陶醉，很容易的，就让我想到我的老家豫南和你的老家南国初夏的水乡，那一池映日别样的荷花。

飘儿，你原本就是如画江南水做的女儿么，你原本就是来自澄澈自然的一棵水草、一支风又飘飘的花儿么。我相信今晚上帝着意安排的相约，让你从云端降临到我的面前，是从我们极其久远的过去开始的，但我不知道这个晚餐会在什么时候突兀结束。就像面对一朵红荷于戊子暮春的绽放，待我转身而去又转身而来，他年我还能一眼就能辨认出开封上晚这如莲花的一支罢。

禅意、诗意，或者朦胧、惆怅。

伍

上帝赋予我们语言。交谈真美，聆听真美。

事后我体会到了你那一时女性内心向我挚诚的释放和敞开，包含了文字的信任，也包含了依赖。事后我知道了你把我视为你年长的父兄，包含了恭敬，也包含了依恋。语言之内，语言之外，便有了凝望、沉思、安静、氤氲、怀念、抚慰和酒。让此夜深下去，趟过语言如水的月华，这么与你，无声散步。

自始至终，没人打扰。开封的这个上晚，就这样如此完整完美地给了我们。我一个匆匆而来又将匆匆而去的过客，除了语言，除了内心的真诚，我没有其他方式表达对这座城市今晚的感激和感谢。

开与封，远与近，去与来，欢与痛，繁复与简单，人心总深深潜藏了一些事物，不肯淡漠，时时浮动，不可名状。就像我来时就想着一定要去看一次开封那年的黄河，并成为情感的迫切。

飘儿说，我也去。

陆

是的，二十二年前我在河南大学读书，之后再没来过这座城市；那么也就是说二十二年我没来看开封的黄河了。其中的原因仅止属于我一个人的原因，不必也不愿向人说过。同时在时间很久很久地过去之后，那些原因以致包含着生命的隐忍和记忆的疼痛，现在都不那么坚持它的重要了。

那天，在浅显的一种期望中到达黄河岸边的时候，我向飘儿说了；说了，不过是一个经年的话题，甚至没有潜在情绪的惊诧和唤起。黄河波荡着在我们的视野里，在我们的脚下，滚滚而逝。

子在川上曰：逝者如斯夫。二十二年时间的匆促和慌张，不再生发喟叹和回顾。因为眼前的黄河浩瀚的奔流，使我的瞭望里是不尽天地的大美和内心的辉煌。侧目看飘儿，一脸孩子样的纯挚和迷恋，她是在想象她的一条河流吧，她是在寻找她要寻找的词语吧……

二十二年前，这里的黄河需要轮渡才能到达对岸。

二十二年后，这里的黄河有了一座浮桥。

水涨船涨，水落桥落。

一起走过去吧，一起走过这条河流，我，和你。

过去，就是彼岸。

柒

对黄河，岸上和桥上的视觉和感受是不一样的。浮桥下的黄河变得惊险和具体，你会看到它浑黄的水面，看到水面在不断地上涨，能感受到它在心灵中有力地奔淌、冲击和恐吓。此时，黄河已是我们心跳和血液的速度、劲疾、喧哗和漩涡。可能今天是有我在你身边吧，你已不需要你的女性的主张和矜持，信任和依赖完全来自单纯的感觉，于是把一只手递给我，把你递给我，把你的童年递给我，少年递给我，让我牵着，像牵着我的孩子。

可能就是在这时，及至我对你轻轻地一握，你便获得了与生俱来的父兄的伟大温暖。

那是久违的信任和依赖。依赖是一种渴望，信任是一种幸福。很久以后你和我说。

其实，这个季节的黄河很窄，浮桥很短，一个长者，一个孩子，就那样牵着从河流上走去。

由于通过的简单，我不愿意承认，浮桥的尽头就是彼岸。

真的，请原谅。

捌

有人告诉我们，黄河的对岸通向封丘。打问之后才知道我们的打问毫无意义，就像你至今也没告诉我你丰富或简单的日子一样。因此没有因果，不存意义，我们就到了对面的那个垒得高高的沙丘；再往前，黄河的另一湾流水阻隔了我们。才知道彼岸在忽略了行而上的意义之后，它可能就是你此时身体朝着的方向，眼睛朝着的方向，也可能是心灵朝着的方向。

面对眼前的这一湾流水，我猜想，可能就是黄河集体行进中意外失散的群落。那么有些，可能一路奔腾过于疲惫，路过这个岔道时，他们就停下来，来这儿歇息；有些，可能一路喧哗过于紧张，不知怎么就被拥挤到这儿，完全是一个盲目。还有些，生性活泼，或者匪夷所思，兴奋，欢跳，觉得新奇，就流过来了。

然而一切，都不再可能回去，他们就开始在这里生活。

在这里生活，安居乐业，休养生息，他们清澈、湿润、沉静、祥和，青草和花朵倒映在眼睛里，鱼在身体里游走，风从平原上吹来，到处浓郁着油菜、麦子、豌豆、槐花、泡桐、白杨、车前子、蒲公英的清芬。小燕子曼妙轻盈，来衔你的花瓣和泥沙，翩飞的翅尖点动了你的面颊，水的波纹洋溢，是你欢乐的春天的笑容。

此岸很美。彼岸尚远。

不想走了。飘儿，那就不走了。我们是否也在这里，在水一方，在水之湄，在水之涘，开始漫漶悠远诗意苍苍的生活。

玖

傍晚时分，我们回城。

之于身体的意愿和内心的渴望，必须回城的事实，代表着一次偶然的自由和逃离的匆促结束。不愿，残酷，但必须认定和接受。城里的朋友已为我设下友情的话题和晚宴。

其实在我来之前，我很对不起开封这座城市。由于我二十二年前多半私人化的偏见缘故，我曾有文字对其进行过城市文化的审视和时代现实的批判。

尖锐、犀利而刻薄。

　　而二十二年后我再来开封，一个完全上帝安排给我的女子，飘然成了这座城市的化身。因此二十二年后，在我这里，故都开封已是上晚为我换了的那一身水艳的红装，是孩子一样顽皮看着我的清纯的眸子，是依赖地递给我的那一只小手，是内心一湾流水的清澈、湿润、安静与祥和，是平原上吹来的油菜、麦子、豌豆、槐花、泡桐、白杨、车前子、蒲公英渗透肺腑的清芬。

　　回到我的豫南，已有许多时日，不期然，那过往的一切，竟成为遥远谴绻的回顾、牵挂和怀念。

　　一生中，我们会怀念很多地方；怀念很多地方，其实是怀念一个人。

选自《散文》2017 年第 8 期

寻觅爱情（外一篇）

■ 徐祯霞

春天的时候，我去了寒窑。那时，桃花正开。

朋友对我说："去过寒窑吗？"我说："没有。但一直想去，却总未成行！"朋友说："春色正好，何不就此时机前去？"我说："好啊！"

天朗朗，明净如水，少有风，太阳正温暖而娴静地照着。

我们驱车前行。

寒窑，位于西安曲江，是一个有关爱情的地方，在那里曾发生着一个旷古叹今的爱情故事，令多少红尘男女为之感慨，令多少红尘男女为之感叹，令多少红尘男女为之感动，又令多少红尘男女梦寐以求，正是因为可贵，才令人心向往之，正是因为难得，才会成为千古美谈。

提起薛平贵和王宝钏，许多人都不陌生，一个乞丐，一个相府小姐，身份千差万别，可他们却演绎了一场惊天地，泣鬼神，死生契阔，令人感怀至深的爱情故事，成就了一段人间佳话，留下了一个永恒的爱情传奇，供后人品鉴。

相传，唐朝末年，相府三小姐王宝钏在彩楼抛绣球，抛中了寒门小子薛平贵，薛平贵家贫寒异常，靠在街市上乞讨为生，但王宝钏没有嫌弃薛平贵家境贫寒，毅然相从，其父不允，但拗不过女儿，只好出奇招让薛平贵为皇上驯服一匹红鬃烈马，如果薛平贵可以驯服此马，便将女儿嫁与他，如果不能驯服，薛将由皇帝发落。当然，这在王父来说，是"一石两鸟"之计，作为王父来说，他认为薛平贵根本不可能驯服得了此马，那么一者婚事可得解脱，二者皇上治了薛平贵的罪，女儿也就没法再嫁他了。可是令所有人意外的是，薛平贵居然将红鬃烈马驯服了，皇上非常高兴，并对薛平贵进行了嘉奖和重封，封他为平凉大将军，去平定西辽。王宝钏不肯遵从父命，另嫁他人，毅然离家，栖身长安城外一处旧窑洞之中，独居寒窑十八载，苦等薛平贵归来，薛平贵终不负王宝钏所望，打得胜仗凯旋，二人重聚，结为秦晋之好，生死之盟，将人类爱情的美好演绎到了极致。

我之所以一直想来寒窑，一者因为传说的美好，想亲历亲见一下薛王二人的爱情传奇；二者因为自己相信爱情，内心对爱情仍有一份美好的渴望，相信人间依旧会有真情，美好动人的爱情不只在传说典故和历史中，它更应该还在我们真实的一日三餐的生活里，因为这个世界自始至终是由男人和女人组成的，爱情一直会是人生中最主要的情感生活，也是最长久的感情生活。

如果，我们都有爱的能力，我们就要好好爱。如果，我们都有爱的需求，也请我们都好好爱。珍惜自己，珍惜所爱的人，珍惜自己的心和感情，不要拿感情当游戏，爱情不是衣服，可以随意更换，爱情更不可以是垃圾，可以随意地丢弃，爱情是一份承诺，爱情是一份责任，爱情是一份誓言，爱情更是一份生死相依的约定和期许。

车在二环路上快速地奔驰着，我的心早已飞去了寒窑。

朋友问我："咋不说话？"我说："我在想，生活中的爱情，有多少人能够如薛王二人一般决绝与执着？"我像是叩问朋友，也像是在叩问人生。朋友说："有的，在平凡的人中，也有许多的真爱，只是我们不知道而已！"

几只鸭子在水面上欢快地游着，几个大学生模样的人拿着面包屑正在引诱它们，鸭们却并不往岸边靠拢，依旧自顾自地游着，嬉戏着，正可谓"曲江水暖鸭先知"。

一对老人迎面朝我们走来，碰面之时，停了下来，对我们说："请问寒窑在哪呀？"我打量了他们一眼，他们约有七十岁左右，脸上布满了皱纹，显得有些苍老，像两个微笑的核桃，但是神态依然安详恬静，男的牵着女的手，紧紧地握着，生怕弄丢了似的，见此情景，我有些感动，也有些欢喜。这样的爱情不也很美好吗？如果两个人能够一起牵手夕阳，漫步在人生的大道上，那也是人间最美的景致。我非常友好地说："你们也去寒窑呀？正好，我们也去，你们跟着我们一块走便好。"老人开心地说："好，好！"然后二人一起调转方向与我们同行。

走着走着，一面红色的剪纸墙出现在我们的眼前，那些剪纸全是关于爱情的絮语，各种各样的爱情故事在上面演绎着，我认真地看了看，有梁祝，有牛郎织女，有王薛，不同的爱情故事，上演的尽是人间的真情与挚爱。

寒窑门口，赫然书写着两行绿字长联："千余年寒窑向日看此处曲江流水相见冰心，十八载古井无波为从来烈妇贞媛别开生面。"我看后在心里默念了几遍，是咀嚼，是品味，是感叹，是赞许，这或许于我都有之吧！此来寒窑，有鉴赏，有领受，亦有精神上的追寻。

步入寒窑，一架鹊桥便立眼前，我手扶栏杆，遐想：那上面渡了谁，有谁渡了，有谁被渡，有谁还正在朝此走来？此时此际，我想起秦观的一首词《鹊桥仙》："纤云弄巧，飞星传恨，银汉迢迢暗度。金风玉露一相逢，便胜却人间无数。柔情似水，佳期如梦，忍顾鹊桥归路。两情若是久长时，又岂在朝朝暮暮。"是啊，两情若是长久时，又岂在朝朝暮暮！当然，这是爱情的最高境界。

回身，一条青石小径在我眼前漫延开来，我不由驻足，喊朋友前来观看，这是一条不同寻常的路，上面全刻着四字成语，"生死相许"、"伉俪情深"、"长相厮守"、"举案齐眉"、"百年合欢"等等，且全都有关爱情，总共几十个，一直延伸至寒窑深处，我且称它"爱路心语"，或者是"人间情路"吧，每一个成语都是对爱情最美的诠释，走在这样的路上，人心一定是美好的，也一定会是浮想联翩的。很多人在爱情的路上走着走着，就忘记了爱情是什么？忘记了走在一起是为什么？忘记了最初的海誓山盟，忘记了曾经拥有的那许许多多美好的时光。到最后，用一条陌路，终结了曾经的所有。如果，如果在爱情的路上迷失过，那么来来寒窑，或者是情路的一种警醒，也是让沉睡的爱情的一个复苏。如果牵手，为什么还要分手？如果要分手，又何必当初！

一个年轻人站在一排青竹前托着一个粉红色的心形纸片在认真地阅读，我不知道他在看什么，但他的专注吸引了我，在他的身后，悬挂着好多好多这样的卡片。我走过去，也托起了一个，细看起来，卡片上写着年龄、爱好、婚姻状况、QQ 等信息。哦，原来是征婚信息，我放眼过去，长长的几行，已经成为一道风景，是啊，如果可以在这里觅到一份人间真爱，那无疑是一件美好的事情，也是未来生活一个绝好的回忆。有人走进爱情，有人不得不走出爱情，有人还在不停地寻觅爱情，每一个年代的爱情不一样，但每一个年代的爱情都一样的令人期待和向往，在此，我只想祈祷，愿天下有情人皆成眷属！一句话，道不尽我对这些纸片后面的有情人的祝福，但渴望爱的人，必定是热爱生活的人，不论是年轻人，还是婚姻受过挫折的人，抑或者是白发垂垂的老人。他，她和他们，正是因为他们从未放弃对于美好生活的希望和梦想，才让这个世界变得绮丽美好而生趣无限。

　　一株大树挡住了我的视线，这是一棵相拥而生的雌雄树，两树并肩生长，一般高，一般粗，一般的枝叶茂盛，人们常常把一桩美好的爱情比作是"在天愿为比翼鸟，在地愿为连理枝"，那么，这就是传说中的连理枝了，看了树名，才知道它是国槐，两树枝蔓相绕，根系相缠，如相爱中的痴情男女，不离不弃，千百年来，此树一直茂盛地生长着，见证着王宝钏和薛平贵坚贞不渝的凄美爱情。

　　在王宝钏居住的窑洞里，我们看到了王宝钏居住和生活的场景，有犁、有耙、纺机，还有石磨和菜畦，她从一个过着锦衣玉食的相府小姐彻底地变成一个农家妇人，一切生活全靠自给自足，自力更生，衣服要自己做，饭菜要自己耕种，十八年来，一直过着贫苦交加的生活，而她无怨无悔，始终守在寒窑里，只为等一个人的归来。这种爱，需要怎样的勇气？这种爱，需要怎样的坚贞？这种爱需要怎样的矢志不渝的执着和决心？而王宝钏用她的坚定不移和一腔深情做到了，终于等到了自己心爱的人凯旋，那一刻的相逢，恍若隔世。这，或许才是这份爱情最美的地方。

民国三年，清明节后，杨虎城将军的母亲孙一莲由蒲城老家祭奠亡夫归来，心中一直闷闷不乐。杨虎城是个大孝子，为使老人散心，就陪老母亲到易俗社看全本的《五典坡》。戏看完回到家里，老人家一直沉浸在剧情当中。她想，现今国难当头，小日本侵占了我国东三省，又进一步威逼华北。有多少抗日将士的妻子像王宝钏一样苦守寒窑，挑起家庭的重担？不知寒窑的现状如何？我得看看。天一明，就叫醒二儿子茂三去城南寒窑，车到沟口，狭窄难行，只好下来步行，进入鸿沟，窑破屋塌，非常凄凉，想王三小姐在此一住十八年，缺衣少食，孤苦伶仃，杨母一阵心酸，潸然泪落，捐助了资金，对寒窑进行了修葺，愿王三小姐的真情永存于天地之间，并希望所有爱国军人的妻子，都向王三小姐学习。今日宝钏祠、圆阁和贞烈观便是杨母所修，杨母之举，是对所有抗日军人的勉励，也是对军人妻子的激励，更是对人间真情的赞颂。

走出窑洞，阳光一片灿烂，桃花朵朵，正笑迎春风。

仰头，见石壁上篆刻着"死生契阔，与子成说。执子之手，与子偕老。"这话出自《诗经·邶风·击鼓》，蓦然生出一种向往，这不正是爱情的最高境界吗？也不正是我所一直向往的爱情吗？我在石壁下照了相，说是一种向往，也是寄未来美好幸福生活的一种希望，如果有一种爱可以超越人间的生与死，那应该是人间最美好的爱情，还有什么比这更让人值得珍惜的呢，还有什么比这更让人内心愉悦和欢欣的呢？

此类的石刻，比比皆是。

还有，诸如"问世间情为何物，直教人生死相许！"以及元稹的"曾经沧海难为水,除却巫山不是云。取次花丛懒回顾,半缘修道半缘君。"

等等……爱的情愫无处不在。

走出寒窑,心却仍在寒窑里徘徊,走不出那么多的美好,走不出那么多的情爱,走不出那么多眷恋与向往。爱情向来是人类一个永恒的话题,也是人类一直在寻觅的情感。可是,有多少人获得了爱情而不懂得珍惜,又有多少人拥有了爱情而没有珍惜,以至于在情路上寻觅,又在情路上迷失。慨而复慨,叹而复叹!如果人都能够及早地明白,人生就会少走很多的弯路。幸福常常很简单,那便是对生活的知足和满足,对一份真情的信任与坚守,如果欲念少了,生活便简单了,生活简单了,人心也就淡泊安详了,常常最幸福的人,不是那些夜夜笙歌的人,也不是拥有豪宅香车的人,而是那些在平凡生活中依然积极淡定平和知足的人,他们珍惜眼前的人,他们愿意为这个家庭的幸福生活而积极努力,他们知道,家才是自己身心安定的港湾,家才是自己幸福生活的源泉。没有了所爱的人,没有了家,人便若浮萍。一个灵魂漂泊,没有根的人,何言快乐?

阳光下,一对年轻人正安坐,画师在为他们画情侣照。我不禁上前,驻足观望,女的长得很漂亮,凤眼、柳眉、鹅蛋脸,男的方脸、宽眉、小眼,眼几乎成一条缝隙,虽谈不上帅气,但感觉透明、纯朴、敦厚、健朗,是那种可以一眼望得见心底的人,并且能够让女人放心的男人,于此,我为女的庆幸,这该是爱情里的一个好男人。见我打量他们,两人相视,莞尔一笑。画师用心地给他们描绘着,他们静心地等待,这是一份爱的等待,这是一份甜美的相依,也是情路上一份美好的纪念和期许。多少年后,再看看当年,曾经的年少时光,两个坐在阳光下的男女主角会有怎样的甜蜜与喜悦,那该是一件多么值得怀念和浪漫的事情呀！此时的他们，正陶醉在爱的幸福与甜蜜之中，我就在想，长长的一生，如果能够一直这样，那该最幸福的人生！

突然，耳边想起了邓丽君的歌："我能想到最浪漫的事，就是和你一起慢慢变老，一路上收藏点点滴滴的欢笑，留到以后坐着摇椅慢慢聊。我能想到最浪漫的事，就是和你一起慢慢变老，直到我们老的哪儿也去不了，你还依然把我当成手心里的宝。"我深深地望了他们一眼，算是祝福吧！

尔后离开。

如果爱，请深爱。如果牵手，请勿轻言放手……

爱情的美在于阴阳相合，正如太阳，没了月亮会寂然无趣，月亮没了太阳，会黯然失光。正是因为它们的交相辉映，才令万物消长，天地灵光。

或许，这便是生命的玄妙之处！

（注：刊发于 2017 年《延河》第 3 期下。）

我的短发情缘

我的每一次爱情，都是自短发开始的。

记得，第一次爱情开始的时候，我还是一个学生，单纯得如一张白纸。

其时，我并不知道爱情为何物？

只是感觉那种朦胧的情谊很美，淡淡的关心，淡淡的注视，淡淡的话语，淡淡的柔情，在一个凝眸间，在一个不经意的回首中，在两人的目光对遇时，那种暖流便会自心中散开，带给人久久的甜蜜与回想。

那时，我一袭短发。

短短的学生头，朴素的衣衫，生活简单，思想也简单。

我们是同学，我们只是相对于别的同学多出那份不一样的情感，但这一切都是藏在内心的，只有他知道，我知道。

我们和同学们一样地交往、说话，只是在交流的目光中有了一种只可意会不可言传的东西，或许那种东西就叫爱情。

我们渴望相聚，但是我们却没有勇气独处，我们的每一次聚会都是在很多的同学中进行的。

每一次走近，他总会想出很多的理由和借口。

于是，同学们有了一次次欢聚的机会，而我们也有了一次次近距离在一起玩乐的机会。

在这样的爱情里，没有欲望，没有索取，只是单纯的心与心之间的交流，心与心的相互温暖，寂寞时，他会站在我的身边，失意时，他会给予我精神上的鼓励。

我们就这样在读书中做伴，正是因为他，让我喜欢学习，喜欢读书，而且在同学中能够一直成为佼佼者。

毕业后，他去了另一座城市，现实将我们拉远。

我又遭遇了第二场爱情。

那是在一个豌豆花开的时节，一个男子走进了我的生活。

他是一个多情的人，多情得为了这场爱情不顾一切。

这场爱情来得太快，也来得太迅猛，让我有点措手不及。

他的出现，打乱了我生活的阵脚。

其实于我，我不想做一个家庭妇女，哪怕是吃穿不愁的生活。这，也一样让我畏惧。

我希望有自己的天地，我希望有自己的事业，虽然彼时，我并没有如此幸运，但是我没有放弃对于人生与理想的追逐。

我在冷眼旁观中打量着这段爱情，见他在我的身边忙来忙去，见他为我忧虑焦急，见他每天奔波在见我的途中。他的喜，他的愁，他的无助以及他的失望。

他使出的浑身的解数，他要让我过上我想要的生活。

不管怎样，他要让我快乐。

他以朋友的名义，为我觅下了一份工作，这份工作，与爱情无关，只是友情。他这么说，只为了让我不欠他什么，其实，这有点自欺欺人，也有点掩耳盗铃的味道。

我在万般盛情之中，无可推却，我接受了这份工作，却没有接受这份爱情，但荒诞便自此开始。

我成了女陈世美，背负上了背叛者的角色，一个忘恩负义之人。

我受不了这样的指责，也背负不起这样的精神枷锁，我选择了逃离。

虽然，在心底里，我有过深深的内疚，但这都与爱情无关。

时至今日，我都不知道我究竟错了没有？

后来，我又接二连三地遭遇了几场爱情，每一次爱情，都是在我短发的时候。

虽然这些爱情都曾让我感动与铭记，但这最终都与爱无关。

爱，说到底，真是一件很奇妙的事。

当我再一次际遇爱情的时候，我依然是一头油亮的短发。

在那个冬日的黄昏，外面飘着一丝丝细雨，零星地夹着些碎雪，我与他相识了。

他是一个高大而健壮的人，有着一个读书人的温文尔雅，也有着一点点的腼腆与羞涩。

我与他的相识纯属偶然，一个完全无意识的状态下。

他就那么悄然地走进了我的生活，让我浑然不知。

人生，总是有着那么多的不确定和偶然。

我和他的偶然相识，却不曾想到会再次和他偶然相遇。

但是，这一次的偶然却改变了我俩的人生。

之后，他便接连地出现在我的生活中。

我们的交往便成了一种自然而然的事情。

没有刻意，没有苦心经营，一切都是水到渠成。

有人说这是命。

我不信命，但在很多时候，无法解释的事，我只能将其归结为命。

半年后，他向我求爱，以一颗南国的红豆为媒。

这颗红豆很红，也很饱满，它被夹在一封他精心起草的情书里面，将它一并呈给了我。

"红豆生南国，春来发几枝，劝君多采撷，此物最相思。"

很早的时候，读着王维的这首诗，我就在想，我的爱情会不会和红豆有关？

于是，当这颗红豆出现的时候，我的心动了。

这，似乎是我一直在期待的爱情。

我笑纳了，默认了这份爱情。

在我的生日，一个桃花盛开的季节，他为我送来了一份特殊的生日礼物，而那份礼物，最终成了我们的定情信物。

我们的交往，便自那一日走上了婚姻的路途。

那是一个水晶玻璃的礼物，精美且特别。

里面有两棵葱绿浓郁的树，并蒂生长，树上停栖着两只美丽的鸟儿，羽翼丰满，并肩而立。

我知道，他是在向我表示他的决心和爱意。

在天愿为比翼鸟，在地愿为连理枝。

这是一个多么美丽的爱情童话。

作为一个正常的女人，怎能不向往？

我坠进了爱河。

并确信，这将是我爱情的归宿。

我带着对生活的无限向往，踏上了爱情的红地毯。

谁知，人生是一出戏！

我从没有想到我的爱情会陨落，会终结。

可是我的爱情还是陨落了，终结了。

在这中间，谁是谁非，已难理清。

十三年后，我们分手。

那是一个秋天，地上飘着厚厚的落叶，有点萧瑟，有点悲凉，我和他心平气和地分手了。

分手得干干净净，分手得彻彻底底。

我走出了婚姻，重又回归了单身。

十多年的人生如一场梦。

梦醒时分，我蓄满了一头长发，这一头乌黑的青丝为谁而留？我愁肠百结，心痛难耐。

既然这一切都成云烟，那这长发，也让它随风远逝吧！

我在经历了犹豫、迟疑、矛盾和彷徨的心理挣扎之后，我去了理发店，剪去了我一头飘逸飞扬的长发，剪掉的是我的头发，也是我的过往，和那段让我痛心疾首的爱情。

这一头黑发，是我多年的修葺，可是我让它去了，在理发师的剪刀下去了。

头发去了，情便已枯死。

如今，我又留起了短发。

或许在短发中，我又在期待，期待另一场爱情的到来，一场可以伴随着我生命终结的爱情。

往事如风。

或许，我会再次蓄起长发，但已经不再是为他，而是为另外一段感情，一段值得我用心和生命去守候的爱情，这场爱情或许已不再浪漫和绚丽，但是却是值得我为他倾其所有的。

当某一天，有人以爱情的姿态在抚弄我的长发的时候，那便是我的幸福。

虽然，我并不知道我的爱情会在哪里出现，我会在什么时候与他邂逅，但是我相信，爱会在人生的某个转弯处等我。

因为，在我的内心，仍然相信，人间会有真爱，就算在我经历了沧海桑田的岁月之后。

（选自 2017 年《华夏散文》第 8 期。）

忽有斯人可想（外一篇）

■ 许冬林

只是一低眉，月光片片，缤纷落于脚尖。

只是一低眉，那个人，便清澈浮现眼前。才下眉头，却上心头，这便是想念。

会忽然想起某个人。想起时，世界万籁俱寂。

记得一个秋天，采风，跟邻座的友人闲聊。聊写作时的状态。我说，写东西时，是一个微微低温的状态，像一片湖水笼进了暮色烟霭里，又凉又苍茫。

想念的那一刻，也静寂，也低温。就像清夜灯下的写作，一个人。

扬州八怪之首的金农，曾经在一幅山水人物画里题句：此间忽有斯人可想，可想。

真有性情美的句子。看三两根瘦竹，看一二片闲云，一刹那，一恍惚，忽然就想起某个过往的人。忽然间，心如春水，就荡漾开一片潋滟波纹。

忽有斯人可想，斯人，是旧人。住在旧时光里，住在内心。像冬眠的爬行动物，惊蛰一声雷，他在心里软软凉凉地翻身。

是忽有斯人可想，这想，既是缺憾，又是圆满。

春日迟迟，光阴寂寞慵懒，于是，出门看花。是一个人，坐车去山里，看桃花。

山色明媚。山势在阳光下绵延起伏，登高远望，一派清旷。桃花在山坡上，不是一棵一棵，而是一片一片。一片一片的烂漫云霞锦缎，点缀得巍峨大山格外有了脂粉气。

看花的人，双双对对，像《梁祝》里的彩蝶翩翩。忽然心上就漫进来一片潮润水汽，是想起他了。

那时候，彼此还年少，约过一起来看桃花。

那时候，彼此都以为，青春好长。好长啊，像花事，一场又一场。

转眼已不青春。是我一个人来看桃花。

桃花开得热烈，还是闲寂，只我一人知。

如今他在哪里呀？是否已经忘记和我一起看桃花的约定？是否，他的心已老，老得春风都已扶不动？

这样一想，心就黯然起来。眼前漫山遍野的桃花，开放的，开始一眼一眼地凋零，未开的，也幽冷得开不动了。

可是，这么多年过去，在这样盛大的春色面前，我想起他了。

想起他。想起，又觉得时光已经充盈饱满。

他呀，大概就像桃花装在春天里一样，装在我的心里了。一年一会。春风一起，就会想起，明艳或萧瑟，都在心里。

生命里，脚印深深经过某个人，这生命便从此着染了他的声息。不管这人和你有多少年未见，和你隔了多少条街道多少个城市，只要一想起，依然那么近。因为，都在时间里。

时间像月光，又广博又清冷，笼住了每个人。因此，我无须踮脚探询，你在哪个方向。我只要一低眉，便能感触，你和我一样，在人群中，在时间的洪流里，向前，向前。想起，便觉得温暖，也想要叹息。

大雪天，一帮子人在小酒馆里，喝酒，胡侃。空调的暖气开得好足，个个粉颊红腮，像桃花盛开，争奇斗妍。我融入其中，常常背叛，内心背叛，一阵一阵落寞。在最拥挤最热闹的场合，会内心清冷，会忽然想起某个人。

仲秋时节，月亮白胖浑圆，总喜欢一个人出去走走，总喜欢去往路灯照不见的空旷处。是为了一个人去吟读苏子的句子吗？但愿人长久，千里共婵娟。

这婵娟的白纱衣里，也有他呀。他如影随形，他化成月色，化成桃花，化成空气，化成时间……每想起，斯人皆在左右。

除岁的烟花在墨黑的夜空灿烂开放，将天空照成花园——又长一岁了！心里一叹。是啊，那个人，和我一样，又老了一岁。我们都，无声无息。无声无息地老下去，偶尔想念，忽然想念。

想念时，听听《当爱已成往事》：

有一天你会知道

人生没有我并不会不同

人生已经太匆匆

我好害怕总是泪眼蒙眬

忘了我就没有痛

将往事留在风中

......

往事在风中，我们也在风中。总有一阵风，让我们与往事，睹面相逢。已经不奢求，时间的倒流。

只是想想，想想而已。一凝眉，你在眼前；一低眉，你在心底。便已懂得，便已知足。

爱情曾经那么慢

爱情曾经那么慢。

三十年代，新婚不久的沈从文回湘西，几千里的山路和水路，回去探病危的母亲。他坐在船上，给张兆和写信：

"我离开北平时还计划每天用半个日子写信，用半个日子写文章，谁知到了这小船上却只为你写信，别的事全不能做。"

"我就这样一面看水一面想你。"

他给三姐兆和一封封地写，一封封地寄。想象那情景：从晓月渐沉到夕霭蒙蒙，远山覆雪，疏林绵延，山水迢递，路像思念一样长。脖子低得酸了，抬头扶一把，两岸风光已换，深冬的田野，风吹草木低迷暗黄。野旷天低树，江清月近人。这世界这样清旷微凉，只有心里装的那个人，让自己觉得在这世界有了坐标。想象张家三才女读信的情景，她一定读到了信里漫漶的水汽和两岸草木散发的清气，读到了信里的晓月和暮色，读到了船头船尾的水声和水上的风声……他告诉她路上的一切，包括他依恋她的心。

写信，寄信，等信，读信……爱情那么慢，像慢镜头叙说。一辈子只够爱一个人。要对她说的心里话那么多，山长水阔地遥寄，刚刚说了七八成，岁月忽已晚。1969 年初冬，一个快七十的老头，即将下放改造，怀里还揣着皱巴巴的一封信，那是三姐兆和给他的第一封信。生活一地狼藉，只有爱情，既然光洁郑重于心。

爱情那么慢，一辈子只读一个女子的信！只有一个女子的信才能在困顿中安抚孤独的心，才能让他读得伤心又开心。

我们也有过那样慢的爱情。

曾经，相爱的人，也愿意跟我们慢慢地过，过着时光。愿意把他的时间，像放压岁钱一样，无限信任地放在我们的口袋里。

犹记那一年，还在读书，他来看我。我们刚刚恋爱，也是师生恋。学校在城中，他骑自行车载我去看城北郊外的一座古塔。上午动身，是秋天，阳光像刚出笼的馍馍，又白又软，犹有香气。我坐在后座上，靠着他的背，不说话。他慢慢骑，似乎不为看古塔，只为了这样近地坐着，只为了两个人这样近地保持着朝向远方的姿势。两个多小时才骑到，塔破败而冷清，在秋阳下立着。我们爬上去，爬得一身汗，在最高层的窗口坐着，看长空寥廓，看村庄如豆田畴如棋，也不说话。回城已晚，街灯次第亮起，灯光微黄古旧。饥肠辘辘，我们走进一家面馆，相对吃面，两碗肉丝面，极少的肉丝，吃得极慢，都怕对方没吃饱。

现在想，那时，脚步好慢，一天的时间，只玩了一座破败古塔。其实，是那时，我们的爱情是慢的。没有微博关注，没有手机短信，没有私家车接送，分别两地时，写信读信，是唯一的交流方式。相聚时，共一辆自行车出游，便是最浪漫的事。

我的一位编辑老师，很漂亮很知性的一个女子，五十多岁了看上去依然那么让人赏心悦目。我很好奇她当年怎么嫁给她先生了，一次闲聊中忍不住就问。她说，她和他当年一个办公室，她前他后，冬天没有空调，好冷，坐的椅子分外冰。一天早晨上班，她看见她的椅子上铺了一方软软暖暖的坐垫。是他缝的，亲手缝的。一个男人，熬夜，千针万线，为她缝坐垫。不知道要熬了几个寒冷的冬夜！不仅老师感动，这二十多年前的故事如今听来，我也感动得要命。爱情就在这些细枝末节里，就在这些慢悠悠的时光里。爱情不是急吼吼地说三个字"我爱你"，而是知冷知暖，默默为她去做琐碎得不为外人道的小事，一针一线，日日年年。

慢的东西是精致的，如刺绣，如瓷器。慢的事物里有郑重，有笃信，如从前的爱情。

选自《巢湖文艺》2017 年第 2 期

就在秋天的指尖分开

■ 妮米阿露

那么，就在秋天的指尖分开吧，就今天吧。

风是禁止的，太阳是禁止的，只有一块阴沉沉的天，这样挺好，不会被炙热灼伤而流泪，说到泪，已经流太多，就在刚刚，就在昨夜，就在每一个想念的时候，一刀刀地划着心脏，血大概也流干了。

我在这里，你在那里。风也没有告诉我，我只能望着窗外，看着那些晨雾在山间聚聚散散，像泪在眼里涌动。是流下了吗？怎么嘴里咸咸的，脸颊湿湿的。你不记得的，除了我还有其他吧，我大概不是第一或最后，或许，是庆幸的，如果你也爱我，或许，是悲哀的，如果只是我爱你。

我怎么能去责怪你，所有的记忆都只是我收藏的秘密，所有思念都只是心甘情愿，因此，即使责备，也该责备自己。

我是怎么了，怎么变得这么陌生了，还是原来那个我吗？打开一本书，没有找到注解。我哭的时候土地看不见，泥土已经被埋葬了，连口气透不过来，哪里还能安慰我的伤心呢？我，还是只有自己，只有自己和另一个陌生的自己。

就这样默念，岁月过去，可时间仿佛还是太慢。我的路，你走过，只是最后走丢了，这又怎么能怪你呢，这条路太长太长，丢了也是迟早的事，不过还好你正在走的路有光，再也不走丢也是件好事，起码不用寻找。

寻找，这个词好像很近，很远。是啊，我曾经寻找过，我重走了你的路，去看了你看我的地方，还有相识的院落，拆除了原有的陈旧，连同那天的日子也被拆了，在那繁华下，还能剩什么，本就不该执意，本就不该把你挂在嘴上，应该只放在心里，说多了，情淡了，藏深了，就拥有了。

陌生这词也不知是从什么时候开始冒出来的，一出现就无可收拾，四周都是这种感觉，连视觉都陌生了，这些文字也不例外，于你，于我。

该用一个什么方式和你说，思念，牵挂，这些俗气的词，就说一说分别吧，就在这个刚刚步入秋天的时节。要如何忘记，下一场雨行吗？秋雨果真绵绵地下着，雾，在山涧聚聚散散，像是伤口分分合合。秋还是绿色，白色，似乎都没有变，在我身上的外衣，似乎又预示着一切都变了，是我太执意，还是秋色的伪装，又或者是心欺骗了眼。

雨下到了深夜，没听到夜的挽留，是雨的自作多情，却顽皮地吵醒了梦的沉睡。

把掩饰的灰尘一粒粒刮下，裸露出一份思念，是疼痛的，等待的，祈祷的。

爱有多远，不记得丈量，不知该用时间还是空间，隔了岁月还是距离，如果只是路程，雨能到达，梦就跟随。

万一是时光，走着走着就老了，你的白发，我的青春，就这样被这场深夜的雨，无辜地带走。

夜里，空荡荡的躯壳，挣扎着。闭上眼，再也找不到梦，和梦见的你。

你去了哪里，即便留下信息，也被雨淋花。是恶意的作弄，还是善意的暗示，都和雨有关。

梦，*丝丝缕缕*，断了。不再是梦，不再做梦。

雨，下到了深夜。夜一直醒着，数着雨滴，一秒秒地记录分离，雨落一滴，就快了一秒，雨下一场，就近了一夜。

会到的，如果这样坚持。

日子在遥遥无期中，露出一点头来。

等，是一场禅意的修行，在细碎的光阴里，拾掇一阕清浅的相思，安静地，在，却不扰，寂静，便安好。

煮一壶清茶，浅浅地品，孤独，惆怅，煎熬，茶的味道复杂，窗外没有月光的沙影，雨滴嗒嗒，敲打着昨夜的失眠，用黑夜释怀，有谁能看到是微笑还是哭泣？心和念你若都懂，这浅秋，你也能看到。

时光还在秋天的指尖，夏天一场场的雨把炎热都赶到了秋天，一步入秋天便是热，雨走了，不记得是在夜里，还是在清晨，还是在那天黄昏坠落之后，都走了，像你一样都没有书信，收拾得干净，连气息都散了。

散了，散了好，不用在熟悉里被气息窒息，熬便熬吧，日子不就是熬过的吗，季节不也一一地过，无法跳跃。

熬，像粥一样，微笑，背影，回忆都在里面，浓浓的，稠稠的，再也分不出哪部分是什么。

就这样融了，融了也好，钟情便也从心底的融化开始的，从开始回到了原点，这也算是个归宿吧。

就在秋天的指尖分开，在时光中慢慢遗忘，遗忘这个秋天和秋天的故事。

选自《潮》2017 年第 2 期

峡谷里的鲜花

陈洪金

灵魂如花，让我的一生充满了香气和温暖。

幽深的大峡谷包藏了一段短暂的路程，散乱的脚印让我与一个女人相遇，把风雨同舟当成一句不散的誓言，彼此奉献。花朵铺满了斜斜的山坡，围绕着土屋被太阳炽热地烘烤着的泥墙。土屋作为峡谷中极为平常的景致，因为一个女人与我一同坚守而具有深远的意义。在我的想象里，花朵弥漫出经久不息的香气，沐浴了她专门为一个男人而披拂的长发，倾心于一个男人扫过山峦和沟渠的目光，倾心于一双为词语和意象而不断地感动着的手掌。

花朵的绽放暴露了峡谷里掩藏不住的灵动。当她的脚步在月光下路过弯曲的山路，旁边牵扯的树枝，舒展着的脉络渗透着海浪的声响。在我的文字里，她从叶脉上看到了峡谷独有的神采，于是她在峡谷里解开二十年的珍藏，牵着我的手，在花朵的簇拥中与我举行一个神圣的婚礼，摒弃了所有的奢望与苛求，把一个朴素的吻印在我一直向着古人与先贤走过的路凝视的额头上。峡谷里，花朵的芳香，聚集了飞翔的箭镞、鸣叫的精卫、停留的硝烟、悬挂的旗帜、激昂的檄文和哭泣的后花园。

半坡上的野花，在秋天时向往着春天的灿烂，默念着冬天的承诺，秉承着夏天的歌唱。在花朵的抒情中，我把一个女人拥在怀里，天空中的白云在我们的身上投下巨大的影子，我背靠着一座高入云天的山，心里注入了一种沉稳与踏实。呼吸一起一伏，生活就这样开始了，在峡谷里的半坡上，野花铺满了一坡的石粒，一天一天过去的日子，石头被我们长久地躺卧后的体温覆盖着。石粒在峡谷里，被我想象成为一只只睁着的圆眼睛，当我在夕阳到来之前离去，遗落在花丛中的纸张，零乱的诗句在不知不觉中被它们一次次目睹。于是，石头顶着一身的暮色，为我在峡谷里的无数次遭遇和感慨思绪沉重。也许，它们会羡慕我身边的女人，我所有的笔迹，都曾经作为一份礼物，呈现在她的窗帘前淡淡的灯光下，盛满她清澈的眸光。野外的石粒，往往会孤独地想象她阅读我的诗句时候的神情，一遍遍地虚构着她的品味，她的微笑，她的羞怯以及她对窗外潺潺河流声的眺望。

身边的女人，我梦了许多年。当她终于坐在了我的身旁，支撑起了我的生活和思索，峡谷对我们年复一年地围困与挤压，没有让我们轻易地退缩到失落与伤感中去，却让我发现了峡谷从不轻易示人的深意。

路过半坡上的花丛，我寻找到了森林中的寓言，我倾听到了溪流里的颂扬，我触摸到了鸟羽上的温暖，我阅读到了崖壁上的图腾。每一次静静坐在灯光下，铺开我的纸张，奔涌的笔触，收集峡谷里的喜怒哀乐。我的女人坐在我的身边，守着土屋狭小的空间，让我的笔尖划过纸张的声音伴随着她进入宁静的梦乡。当我抬起头来，在淡淡的灯光下点燃一支香烟，升起的烟雾荡漾开去，抵达一个小小的花瓶，浮上她在清晨采摘来的野花盛开的花瓣上。她睡去了，她静静地望着我，香气漫过我的鼻翼，沾染得我流动的字迹闪烁着一层典雅的暖色。

因为峡谷，我在这里找到了一个女人，因为女人，我陪她路过一片花丛，因为花丛，我贴近了一座高不可攀的山峰。一片汪洋的文字被我的女人收藏着，让我把青春撒进半坡上的花丛中，呼吸着它们传递着的湿润。两年后，我们走出幽深的大峡谷，带走了最后一件行李和早已适应了峡谷的心情。但是我们当中，谁也不能带走半坡上年复一年地开放着的花丛，不能带走低矮的土屋，不能带走那一条环绕着整个小小的村庄不想离去的河流。大峡谷成了记忆，玉米地被山村里的人耕种着，被陌生的语言称呼着，填饱了一群人的肚子，养育着红颜长成白发的整个漫长的过程。我们的离去，峡谷并没有在意，就像我们当初闯进大峡谷的时候村庄的水平如镜。只是大峡谷空旷的时间和事物，为我们的爱情提供了一个被花朵簇拥着的舞台。

小城没有杂乱的石头和飞翔的翅膀，我的女人把我在小城里找到的一个潮湿的栖居整理成一个四方的巢，深情地呵护着。太阳照着高高的屋顶，我的女人在大峡谷里养成的习惯，竭力地守望着我在小城里一成不变的生活。街上买来的鲜花，被她插在一个精致的瓷瓶里，放在洁净的桌面上，点缀着我们的生活。水声消失了，森林消失了，石头消失了，山峰消失了，我们的花朵独自开放在瓷瓶里，面对着被我们修饰过的生活。远离了自然的水分，花朵艰难地度过了一天又一天时光，终于承受不住没有根须和叶子的命运，那些花瓣次第坠落到桌面上，被带到街道边上的垃圾箱里，结束它们短暂的生命及其灼目的灿烂。唯有我们的爱情，一直在紧紧地彼此缠绕着。因为离开了大峡谷里半坡上盛开的花丛，我们必须在小城里寻找承载爱情的基石。毕竟，我们渴望茂盛，我们渴望圆满，我们还渴望充分。

峡谷永存，花朵永在。

选自《分水岭》2017 年第 1 期

想你，在黄昏的公园里

■ 罗开华

我又来到了公园。

还是那条弯弯曲曲的路，还是那个和你分别的岔路口。

多少次，我曾违心地告诉自己："不要去哪儿了，去了，你会伤心的！"

可是，今天我已尽了最大的努力，但还是按捺不住一定要去的欲望。

带着这样的心情，我来到了公园里。

夕阳将它的光芒洒在公园的湖面上，被春风蛊惑的湖水，泛起粼粼波光，十分刺眼。

我朝着与你经常漫步的路走去，路的两边开着几棵妖艳的桃花。但我只喜欢梅花。于是，我大步朝着梅树走去。当我来到梅树旁才发现，前不久还开着的梅花，不知啥时候全都凋零了。

"梅花的凋零，是向我暗示着什么吗？"我悄悄地问自己。

我静静地走着，一对情侣谈笑着从我身旁走过，我看着他们渐渐远去的背影，一种从未有过的孤寂感和失落感突然涌上心头，我感到了鼻子的酸楚，感到了泪水怎样地在眼眶里不停地打转。

掐指一算，你离开我不过才一周的时间，可你知道吗？这一周来，我如坐针毡，度日如年，承受着无尽的孤独和寂寞的煎熬……

由于心里堵得慌，我再也无力朝前走了。于是，我来到一片竹林旁，端坐在一块石头上。

这里很静，静得仿佛能听到春风与竹叶的耳语、蚊虫欢乐的吟唱，还有蓓蕾绽放的声音。在这种恬静的氛围里，最能让人思绪放飞。

还记得吗？那个秋，那个刚刚下过雨的黄昏，你和我就在这里漫步？当我们来到湖边的一片树丛时，你十分激动地高喊："快看，彼岸花！"

我朝着你指的方向看去，几株开着奇异花形的植物映入眼帘：淡黄的颜色、茎高六十厘米左右、花茎无叶、花瓣成长条形、朝四周翻卷着；花瓣边沿起着折皱、花蕊圆形、成长条状、直伸、尖朝内勾曲。

我从来没见过这样奇异的花，从来也没人在我面前提过这花的名字。但你给我讲的关于这花的传说，我却时时能想起。

你说："这花叫彼岸花，相传以前有一对男女，他们一个叫彼，一个叫岸，上天规定他们永远不能相见。但是，他们惺惺相惜，相互倾慕。终于有一天，他们不顾上天的规定，偷偷相见了。见面后彼才发现，原来岸是一个美貌如花的女子，而岸也发现彼是一个英俊潇洒的帅哥。于是，他们一见如故，心生爱念，决定生生世世厮守在一起。"

讲到这里，你突然停住了，表情变得凝重起来。于是我迫不及待地问：

"后来呢？"

"结果是注定了的，由于他们触犯了天规，这段感情最终被扼杀了！天庭降下惩戒，既然他们不顾天规，执意要相会，就让他们变成一株花的花朵和叶子，只是这花奇特无比，有花不见叶，有叶不见花，生生世世花叶相错。"

讲到这里，我看到了你那伤心欲哭的样子，无不令人怜惜！

我只好安慰你："那些毕竟只是传说，现实生活不会是这样的。"

你"唉"的叹了叹气，便拉着我的手从树丛中走了出来。

告别了彼岸花，我们又回到了路上，继续我们的漫步。

我的爱人啊，原来你也是一个多愁善感的女子！

我回过神来，朝着曾经开过彼岸花的树丛看去，那地方离我不远，也就五六十米的样子。或许彼岸花还在沉睡、或许它正在生根、或许它已经发芽、或许到了今年秋天，它还会开出更绚丽的花朵！

我的爱人啊，今年彼岸花开时，你还会来这里吗？你还会为我讲述彼岸花那凄美动人的爱情故事吗？

我把思绪从彼岸花上收了回来，放眼眺望夕阳上空的云卷云舒，心情久久不能平静……

就在这时，我分明听到了"沙沙、沙沙"的声音。

"哦，是雨，是今年的第一场春雨！"我自言自语。

我昂起头，闭上双眼，把脸朝向空中，任凭大滴大滴雨打在脸上和身上，感觉舒服极了。这雨下得很小，一会儿就停了，只打湿了我的头发和一小块衣裳。不过，它还是滋润了大地，给树木和花草带来了甘甜。

雨的到来，又一次让我放飞了思绪。

你还记得去年的雨季吗？多少次我们在雨里漫步，你都只喜欢打那把很小很小的，放在手提袋里的袖珍雨伞。我曾不解地问：

"这么小的雨伞，你不怕被雨水打湿吗？"

"雨伞小点更好，这样我俩才贴得更紧，衣服淋湿了，却暖了心，你说哪个好？！"你问。

我找不到最恰当语言来回答你。只见你用含情脉脉的双眼紧紧盯着我，使我顿时感到一股股暖流突然注入了我的躯体、融进了我的血液、渗透了我的细胞、幸福了我的心灵！

就在这把袖珍雨伞下，我们手挽着手，肩并着肩，不知送走了多少个白天和黑夜。尽管雨大时，难免会把衣服打湿，但我们从来没有动摇过，仍然坚持漫步在这条路上。我们把情洒满了这条路，我们把爱洒满了这条路！

而今，雨季即将来临，你却离我而去，我不知道，在没有你的雨季里，我孤身一人是否能把这路继续，这情继续、这爱继续！？

我从石头上跳了下来，整理了被雨水淋湿的头发，又大步朝那路走去。我要去寻找与你一起漫步的感觉。

一会儿，我便走完了那段用青石板铺就的路，来到了土路上。

刚刚被雨水淋过的土路并不泥泞，而且很松软，走在上面很舒服。我甚至还闻到了一股十分清新的泥土的芬芳。

我就这样一个人慢慢地走在土路上，边走边想着你。想着我们走在这条路上时你对我讲的甜蜜情话、想着你为单位的琐事在我耳边的唠叨；想着你亲手为我做的可口的饭菜，想着你为我编织的毛衣，想着你为我刻录的光盘，还有为我编辑的文稿……这些将使我终生难忘！

可如今你走了，把我孤零零地丢在这里，让我品尝与你分别后最刻骨铭心的痛，你能忍心让我承受这样的痛苦吗？

我仍是这样走着，想着。

当想起你离开我时在微信里给我的留言："亲爱的，我走后你一定要好好的啊！"

我的眼泪再也无法控制了，泪水止不住地往下淌，浇湿了整个脸颊，我甚至哭了起来。谁说男人有泪不轻弹？

由于伤心过度，我感到昏昏沉沉的。但我还是擦干了泪水，双眼无意识地四处乱望，总是想着你会突然出现。可四周静悄悄的，只有蚊虫在我眼前乱飞。

我不知道夕阳是什么时候落山的，更不知道当它失去光彩时，天空中飘浮着的彩云也消逝得无影无踪了。我只知道，当我艰难地走完这段路时，天渐渐黑了，月亮也慢慢地升了起来。

月亮不仅轻柔地抚慰着我的灵魂，还用它那皎洁的光辉照亮了我回家的路。于是，我想对你说：你来或是不来，不管是春天或是夏天，秋天或是冬天，晴天或是雨天，白天或是黑夜，凌晨或是黄昏，只要我来，都会在公园的岔路口等你，我将用爱情和慵懒，消磨自己直到慢慢老去……

唱完这首歌，我的心情渐渐好起来了，于是，我朝回家的路走去。

选自《史河风》2017 年第 3 期

熟视（外一篇）

■ 张建春

　　陡然间雪莫名其妙地下了起来，一会路面就被积雪覆盖了，灯迷离地亮着，孤独如一匹野马向她狂奔而来，车窗外人影逐渐稀少了，她不由得将车速降了下来，心中恨恨的，却找不到一个落下的地方。手机微微地振动了下，一条短信：亲，向晚天欲雪，能饮一杯无。雪天路滑小心哦！外加一张笑脸。她的心猛抽搐了几下，一般暖意布满了心头，看看来电人，既熟悉又陌生，尽管交往不多，但一条短信一下子拉近了距离，她无法排斥这份关心，回了句：谢谢。外加一朵太阳。其时，他的短信不就是一枚太阳吗？她心想。

　　早晨起床，丈夫已早早将早点做好，一杯温温的牛奶，一个两面焦黄的煎蛋，两片烤透了的面包。她的气却不从一处出，天天老一套。但还是香香甜甜地风扫残云，把一堆子家务推到一边交给丈夫处理，丈夫无言地看着她，说了句："早回。"她好像连头也没抬，甩门就驾车走了。丈夫不浪漫更不知体贴，只会那么几句：早回呀，少喝酒呀，穿多点啦……，让她心中的烦一添再添。

夜雪中她驾驶着车辆，眼中的泪水不自主地流了下来，这样的雪夜，如果有一句问候来自丈夫该多好，可是丈夫连一个外人也不如，电话不打，短信不发，生生地把自己放到一边。短信又适时来了：爱你我想去死／但我怕死了／没有人／比我更爱你！还是他，尽管调侃，她还是感动的，至少在这茫茫的大雪里，有那么一缕温暖围绕着她，她的心开始在雪花间穿梭，努力回忆着发短信人的面孔，心乱乱的，眼前却是丈夫的面孔，如果丈夫能这样她会幸福死的。她几乎开始期望一种新生活了。她猛地踩了下刹车，到了十字交叉路口，差点开错了回家的方向。

结婚十多年了，丈夫似乎只有不变的老一套，除了工作，大多时间做家务、带孩子，伏在书案上读书、写字，门口永远为她备着一双干干净净的拖鞋，春夏清清爽爽，秋冬暖暖和和的，她从来不会掏出钥匙开门，按响门铃，开门的一定是丈夫，打开门的丈夫永远只有一句话：回来啦。平淡得如一杯白开水。她不关心丈夫的"龙飞凤舞"，丈夫偶尔问过她的工作，不乐意地回上句，噎得丈夫半天不吭声，也就罢了。

离家越近，她的心沉得越深，雪仍然下着，路面开始结冰，她不得不小心地开着车，好在到了小区灯光明亮起来，主路面的积雪已有人在铲除，而通向车库路面的雪已被打扫得干干净净，这样的慰藉仍没让她心中的寒意去除半分。

过去的程序又要重演，她心中又添了一份堵，但出乎意外的是连续按动门铃，家里任何反应也没有，她用力地拉动手把，门悄然地敞开了。一股暖意扑面而来，灯光柔和地照着客厅，一双棉拖鞋静静地躺在门边，她平时喜爱而少有服侍的兰花缓缓地吐着芬芳，没有变化的寻常，在她的眼角边悄然地溜过，她听到自己的心深深地叹着气。"换鞋！换鞋！"她命令着自己，当麻木的双脚投入到拖鞋里时，脚心突然被硌了下，她突然想破口大骂，低下头来，却看到拖鞋里拖着电线的"暖宝宝"，她恨恨地踢上了一脚，暗暗地动气：又是老一套。她似乎没有力气和丈夫较劲，心中却一个劲骂着丈夫"死人"！

她无声地滑坐在沙发上，还是老位置，很舒适，但还是挪了挪屁股。无意中发现了丈夫留在茶凳上的便条：回来了，给我打个电话，我就回。她扫了眼多多少少有点诧异，几乎没有去想就放到了一边，"我才不打电话呢？死去吧。"

雪中的夜晚即便开着空调，多多少少还有点凉意，歪在沙发上，她有点迷糊，听到丈夫的开门声，她连头也没抬，倒是丈夫老一套的问候：回来啦！引起了她强烈的反感，她圆睁双目逼视着丈夫，但看到的却不是熟悉的状况，丈夫满身是雪，左手拿着扫帚，右手拿着锹，连头发也结着冰凌。她的心动了下：干吗去了？语气软了许多，丈夫无事样的说：门前的雪快把路堵住了，我扫雪呀。我在前边的上坡处等你，路滑。丈夫抖落着身上的雪，转身又坐到了书桌边。她眼中的泪水毫无准备无言地滑落下来，这是今晚第几次流泪了？她问自己。她不自主地走向了书房。双手搂住了丈夫的双肩，脸颊近近地贴了过去，丈夫的脸冰凉冰凉。"也不知给我打个电话，死人！"她嗔骂，丈夫笑了笑。

手机又骤然振动了起来，仍然是他的短信：亲，相信你到家了，祝平安！外加一支玫瑰花。她狠狠地删去了，如同抹去一道心中的伤痕。明天，熟视的一切又将开始，她心中想，这些熟视的场景得好好看看，细细打量了。

岁月圆润

一辈子就这么过来了。

老两口斜倚在夕阳下，九十三岁的他把一根根手指头粗细的树枝，剁成一节节，八十八岁的她蹲在他的面前，将剁短的柴火收拾整齐了，打成捆。夕阳又斜了一步，他直起弯得不成样的腰杆，轻轻推了她一把，吃力地搬起一捆捆柴火向堆得如小山一样的草堆走去。

草堆有一些年头了，说草堆也不准确，堆积的大多是粗细不一的棍棍棒棒，草堆的底层柴火的料要大些，劈开的树杈有的还在滋滋地冒着树油，到上面料就渐渐小了，胳膊粗、手腕粗、酒盅粗，到了今年码上堆子的也就手指般粗细了。

家在半山腰，上上下下都是树，老两口伴着树生活，儿女长大了，一个个如长了翅膀的鸟远远飞去，眼下只剩下两位老人，听着树的涛声过日子。很早的时候，他就知她是冷身子，怕冷，年年冬天都要熊熊地燃上一炉子火，让不大的家暖暖和和的。穷家有了冬天里的一把火，她活脱了，自自然然的，家就多出了几份滋味。年轻时他有着一把子蛮力，板斧挥起来，死疙瘩般的榆、檀三两下就能劈开八瓣，大雪天，炉里没了柴，他光着膀子，在雪地里抡圆了利斧，一会儿工夫，身边就躺倒一片，木屑飞来飞去，和雪花磕磕碰碰，她倚着门看他，心中暖暖的，身上的寒意一下子就去了几分。

　　一场大病在他七十三岁时袭来，躺在床上几个月，她围着他的病床前喂吃喂喝、端屎端尿，眼泪成把成把地掉着。那个冬天真冷，家里的炉火断断续续，受潮的柴火薰出一股股浓烟，怕冷的她缩在他的身边，相互依偎着取暖。他看着她不停地叹气，莫不是应了"七十三、八十四阎王不请自己去"的俗语，真的就不行了。他舍得自己、却舍不得她，自己去了，她的冬天该怎么过呀？一股真气竟回阳了，他硬是挺了起来，到了春天又可以在场地和山腰上转悠了。

　　秋天刚过完，他的身体也恢复得差不多了，他试着找一些零头碎脑的树木，或轻或重的劈起来，有的劈开了，有的作弄他似的，生生地夹住了斧子，让他左右为难。好在身子骨一天天硬朗起来，难为他的树木一根根被劈开了，到了初冬，他劈开的杂木已足够燃烧一个冬天了。这个冬天特别的寒冷，他早早把取暖的炉子烧旺了，看着她围着炉子有说有笑，家的空间突然就从逼仄中扩大了。她对他说：男人是火命，围着就不冷。他心里怪怪的，想快七十的她怎还像年轻时一样，就想喝上一杯。她懂他，把斟满酒的壶放在柴炉边，满满的一壶酒在暖意里散发着醇和的香味，她轻轻地啜上一口，不冷不烫，正好，一股子热力直扑心底。抢过她递来的酒杯一饮而尽，平时有着几分酒量的他，竟然一杯酒就醉了。醒来时，他躺在她的怀里，两个花白地脑袋顶在一起。天已微微地黑了，半山腰的寒风一个劲地吹着，他们的心却暖暖地贴在一起，从不大的窗户吹出些许灯光，迎上了飞动的雪花，雪花就一片片融化了。

　　年轻时的他们在生活的日脚里一天天挨着，上山下地、砍柴做活，日子过得紧紧巴巴，"争穷饿吵"和寻常夫妻一样，打过死架、吵过狠嘴，甚至她还寻过短见，日子一天天掰开了过，难得不知如何过下去时，相互连看一眼也不愿意。他木讷、心眼实，没几句知冷知暖的话，她心中暗暗地后悔，不该嫁了个不知冷热的人。不经意间几十年过去了，细细回味，怕冷的她几乎没被冻过，年轻时家里的炉火旺旺的，到了老年炉中的火仍然熊熊地烧着，靠着的男人，没让她在冬天里伸不出手，除了他七十三岁那年，炉中半湿的柴火冒着青烟，家里总是暖暖的，没有半分的寒意。她想到这，总要狠狠地剜上他一眼，心中剩下的只有软软的份了。而他，最喜欢看她在冬天的炉火边的样子，年轻时脸在炉火的照耀下红扑扑的，到了如今这红颜似乎还没退去，尽管老年斑成片恣肆着，但也透出一股别样的韵味，他不懂浪漫，只知道她看着顺眼，越老越顺眼，他知道她时常用目光剜他，他接过了，随后把这目光板板实实地按捺在心中。

　　他最担心的是会死在她的前面，不是怕死，而是放不下她，不过他知道自己一定会死在她的前面，年龄本身就比她大，何况自己的身体一年衰似一年。他开始把劈柴的日子提前了，从起初的深秋，一年一年地向前推，没几年一入秋就把一些枯枝、死树从山上拖回来，放在阳光下晒干，一斧一斧地劈着，成规成矩地码好，够一冬烧的还不够，还得有着来年的余量，柴堆一天天地高了起来，新柴压着旧柴，层层分明得如同年轮。她闲时也会帮着他，时不时会送上一杯水，先尝尝冷热，再端到他的嘴边，看着明显力不从心的他，想劝劝，又不忍心地走开了，拿了条僵硬的毛巾，在他的额上抹了一把。她知道他的心思，怕有一天自己走了，冷着了她。实际上他也知道，存下的柴够她活到一百岁时烧的了，但还是不愿停下，一斧斧劈着，一刀刀砍着，不劈不砍心闷得慌。

　　九十三岁的他再也轮不动斧子了，大点的柴更对付不了，只能和手指头粗细的树枝较劲，他反反复复地把菜刀磨得锋利，一刀下去，韧性的柴没断，再一刀还是如此，半天下去剁出的柴火也就寥寥几根。他抬头看看太阳，看看近处的她，心还是满当当的。

天又将冷了，冬天已挤到面前，岁月圆圆润润地滚到了他们的面前，他们扶持着把剁好的树枝码上柴堆的最上面。寒冷来时他们将取下新剁的柴火，他们想今年的火一定还会和过往的一样灼热、温暖。

选自《清明》2017 年冬季号

爱，没法儿重来

■

春君娃

　　用比较中国的比喻，爱很像元青花。完整的时候，气场强大，丰满沉着，价格不菲。可是破碎时，任你巧手修补，也难敌价格一落千丈的命运。因为，那裂痕即便看不见，也破坏了原来的气场。

　　《爱很复杂》好像说得就是这样的理儿。如果没有梅丽尔·斯特里普的演绎，这段中年人的爱情故事真不知道还能不能看？有几个女人可以活出影片中简的那种境界？世故、豁达、历练、不示弱可是又从不对抗。五十岁，尴尬的年龄下却是水一样的半老徐娘，忽悠的两个同样五十岁的老男人为之倾倒，这一度令我十分怀疑剧本是不是出自于一个非常自恋的女性作者之手？

　　然而这些其实并不重要。重要的是，无论简和前夫在十年之后又有了怎样的令人啼笑皆非的爱梦重温，最终，爱，没有重来。是的，没有也不能，这令我十分满意。至少导演还没有糊涂到真要给 50 岁的中年人搞一段童话似的爱情传奇。而我，恰恰不信这样的传奇。

《爱很复杂》的故事说得是简的前夫杰克十年前背叛妻儿另觅年轻新欢。在琐碎的生活中，相对于年轻妻子的旺盛精力，杰克显然有些疲于奔命。于是，当与前妻再次重逢，前妻种种的好，比如成熟，比如幽默和一双巧手做出的美食，当然还有那妙不可言的小小疯狂都令这个长不大的杰克再一次迷失自我。于是，简在杰克的攻势下，角色转换变成了前夫婚姻中的第三者。而最为搞笑的是杰克，十年的岁月轮回，他重新给自己找的情人居然是自己的结发妻子！

影片中有一段戏特别意味深长。简告诉自己的闺蜜们，自己在和前夫搞婚外情。闺蜜们先是大呼小叫表示惊讶，然后拍手称快竭力赞同。而女主人脸上密密的皱纹里那些尴尬的骄傲，那些微妙的报复和小小的迷失令我对美国人的爱情观有了重新的定义。他们其实不是我们想象的那样开放豁达。十年前的伤痕或许愈合了，可是留在心里的沉淀下来的东西和我们感觉到的没什么两样，那是青花上的伤。

而另一个场景则更加突出了这样的主题。简在咨询了心理医生之后，准备放下那些小小的报复和不可理喻的骄傲，好好和前夫谈恋爱。烛光里她精心装扮，准备了最拿手的好菜等待情人的到来，虽然这个情人是自己的前夫，可她依然忐忑期待。然而杰克，他爽约了。他年轻的妻子用了最不能拒绝的理由留住了他。影片中没有刻意刻画简的表情，她起身，似乎只是有些疲惫，她一个又一个把所有的灯熄灭，也一个一个把幻想给掐灭了。我想，所有的经历了世事的女人此时都可以感觉到简的觉醒吧？心里的那个伤好好地待在那儿，何必又去碰触？

这样小小的伤怀，使这部喜感十足的影片有了一些珍贵的深刻。那些深刻在我看来是影片的眼。这才是中年人的爱情，无论怎样的迷失，他们面前都摆满了各种障碍——岁月、孩子，还有不能言说的伤，而这一切都注定了，深刻，永远是他们爱情的主题。

雨中。梅丽尔·斯特里普扮演的简为工程师亚当撑起雨伞时，我忍不住为结尾的善意而叹息，我想，那个善意是给美好的简一个幸福的可能吧？这种祝愿还是落入了俗套，然而又有谁不喜欢呢？

选自《淮河晨刊》2017 年 5 月 6 日

在龙泽遇见爱情

■ 苗秀侠

　　爱情在哪里？对我这个年纪的人来说，爱情就像不含PM2.5的空气一样稀有、宝贵。因此，我对爱情的态度是颓废的，不作为的。总以为，爱情就是写在书里哄人开心的事情。没想到，在北京的龙泽，我却被一场爱情所俘虏。

　　之所以去龙泽，是因为小茂在那里。正巧去北京参加一个影视剧创作的学习，提前告诉了小茂。小茂在电话里说，过来看看我们两口子呀。难道，他爱人也去北京了？

　　我跟小茂只有一面之缘。两年前，他来合肥做有关读书的文学沙龙，是主嘉宾。他很能侃，不愧是在北京著名高校修炼的人。他的文章也写得漂亮，特别擅长写文学小评，不是那种四平八稳毫无意趣可言的评论，他的观点视角新颖，语言刀片样锋利，于文字的纵横捭阖里，漫溢出让人读之过瘾的率真和智慧。我常去他的微信公号平台串门，时不时在文章后面点赞或写几句话，都是肺腑之言。我们会在微信里私聊一些和文学有关的话题，觉得，尽管他是好几张年纪的大男人了，却有着小男生样的浪漫和激情。

接到小茂电话的邀请，学习结束后，我有意逗留一天，从陶然亭坐地铁去了龙泽。地下交通真方便，转了两趟车，坐上13号线，半小时就到了。小茂已经在北京的一家著名大学念到博士了，正准备毕业论文呢。他还在一家文化公司兼职，听说日子过得不错。是不是，就留在北京发展了？

在龙泽地铁站出口，小茂等在那里，手里扯着一个小姑娘。是的，那是个标准的小姑娘，这不可能是小茂的老婆，我第一眼便知。女孩叫小华，小茂一见面就连忙介绍。我和小华彼此握手，小华就一手牵我，一手牵小茂，朝龙泽他们的小窝走。龙泽在之前应当是属于昌平区的，少了市区的繁闹，多些县城的安宁。他们的窝在一处很新的住宅区顶层，进屋就发现半桌面的饺子，小华早先包好的，就等我来了下锅煮呢。吃饺子，喝红酒，那顿中餐很合我口味。酒酣之际，小华说开了她自己。爱上他，是因为他符合她的审美，被他爱，那是命运的安排。不要未来，也没有未来，有的只是现在，短暂的，但却要占据一生的现在。小姑娘喝得有些高，泪水一串串涌出来。这个凄美的爱情故事，就像一只内外都有伤痕的彩陶，慢慢在我面前打开，碎掉。

在文化公司遇见小茂，两双眼睛几乎第一时间碰撞出火花，彼此锁定后，就有了这命中注定的悲剧。为什么是悲剧？因为小茂有家庭。他工作多年，停止工作再上研究生，从硕士到博士，都是老婆的工资供养他，同时，老婆还养护着他们的儿子及儿子的爷爷奶奶。有人说，爱个优秀的人，就得一生为他付出，小茂的老婆或许属于这一种吧。这扶老护幼的女人，谁能说她是没有爱情的，不幸福的？青涩年华彼此相爱，共同经营家庭，然后倾尽所有成全男人的理想，她在付出的时候，已经对人生有了渴盼，那个优秀的，胜过许多男人的知心爱人，有一天会带着荣耀回来，跟她一起把日子过得更红火更贴心。然而，新的爱情却有了，这个小姑娘，她独享着爱情，而这爱情，却是盛在玻璃碗里的晶莹剔透的冰，下面被一支蜡烛烘烤着。小茂无疑就是那只玻璃碗，蜡烛是小茂那拖儿带女布衣素颜的妻。这样的煎熬，最先消融的，肯定是那块冰了。

因为知道结局，所以才绝望得心如死灰。小姑娘哭，小茂也湿了眼睛。爱情是不能用对或错这样简单的语词来评定的，爱情是个绝望的陷阱，爱情是蛊，是斑斓绚丽的毒蘑菇，爱情是前世欠下的劫。所有的挣扎都是徒劳，因为懂得，所以悲悯，所以痛彻心扉。小茂博士毕业就会离开北京，带着这些年操练的荣誉，回到妻儿身边，北京爱情就此结束。这种看得见摸得着的伤与情，*丝丝缕缕见血痕的爱与痛*，从此将被这二人背负在心，只要生命存在，哪一天都不能放下。

三只杯子在空中轻轻一磕，我们一起把酒喝干。夕阳透过窗子照进来，照出一片金黄。小华唱起了李漠的歌：最好不相见，便可不相恋，最好不相爱，便可不相弃。

真是羡慕小华的泪水，她还能为爱情流泪，还能这样真枪真刀地爱一回。有多少脆弱的生命，已经不敢有爱情，不敢有梦，不能承载爱情这样华美而嗔痴的物件。宛若一幢年久失修的老房子，四面透风的墙壁，岌岌可危的柱栏，怎能维护得了屋内娇贵的名典家俬？我这个早已退出爱情舞台的半老之人，此刻在龙泽被爱情撞上，就像遇见经年等候的幻景，竟发呆到无语了。

美酒的狂欢伴随着语言的狂欢，之后，三个人不再说话，只有酒杯相碰时发出的脆响。夜晚给首都北京披上一件温暖的厚毡，透过三十二层的大玻璃窗，望向灯火辉煌的城市，一种叫爱情的气流，在冬季的夜空下奔涌着，显得悲壮而宏大。那种缠绕在空气中的绝望的爱情气息，虽说宛若冰刀霜剑一样逼人，却令人受活！

带着微醺，离开龙泽，朝住处走。小茂两口子坚持送到地铁站。地下通道的吉他手，弹奏着一首哀婉的曲子，追撵着我趔趄的脚步。地铁里特有的气息呼啸有声，将人淹没。眼前不时闪现笑着哭泣的小华的泪脸，有一个声音突然从心里冲出：爱情有多长久一点都不重要，只要是真诚相爱，哪怕是短暂的一瞬，也会照彻卑微生命的尽头。如此，还在乎那些滔滔奔涌的泪河吗？

选自《颍州晚报》2017 年 6 月 12 日

张中行笔下的杨沫

（外一篇）

■

王张应

生于 60 后，70 后上学，80 后步入社会，这一代人鲜有不知现代文坛有位名叫杨沫的女作家。即便不知道杨沫，也会听说过杨沫的代表作长篇小说《青春之歌》。一部《青春之歌》，曾经让那个年代多少少男少女激情澎湃，热血沸腾。不过，很快也就风平浪静。

张中行却不一样了。如今都知道张中行是与季羡林、金克木被并称为"未名湖畔三雅士"的国学大师，若将时光倒回三十余年，于 20 世纪 80 年代文学课堂上，还真少有人提起张中行。那时张中行健在，且不算太老。或许，大器晚成的张中行，其人生高度在那个年代还没有形成顶峰吧。

熟知张中行很晚。至于张中行与杨沫之间年轻时代的情感纠葛，起初只是听说，不甚了了。直到在张中行一本名为《笔花选录》的散文集中，读到了《婚事》一文，才清楚张中行和杨沫那段情感经历的来龙去脉。

张中行生于河北香河农村。三四岁，由父母做主与邻村一户沈姓人家定下了娃娃亲。1926年，尚在通县师范上二年级的张中行，娶了邻村沈氏女为妻。那一年，张中行十七岁。其时，刚从农村走出来的张中行，纯朴得很，"还没有接触新风，对于这样的婚事也就既说不上欢迎也说不上反对"。张中行后来在《婚事》一文中回忆："沈是完全旧式的，缠脚，不识字。貌在中人偏下。但性格好，朴实温顺，以劳动、伺候人为天赋义务，寡言语，任劳任怨。母亲说她好，我也尊重她。"可见，在这桩娃娃亲的"婚姻"里，"丈夫"对于"妻子"的感情只是"尊重"，而非爱。

人在年轻时代，大约没有不向往爱情的。有些人或许终其一生都在追求爱情，有些人只是于不经意间邂逅爱情。张中行从通县师范毕业，没有找到合意的工作，便继续考学。坏事往往变成好事，张中行报考北京大学，竟一考便中。1931年，结婚五年之后，身为北大学生的张中行，因为一个偶然的机缘，遭遇了一场轰轰烈烈的爱情。那场爱情的对方，便是后来写作《青春之歌》的女作家杨沫。有人说，《青春之歌》里有张中行的影子，形象不是正面，让人嫌恶。可张中行并不在乎。他说，小说毕竟是小说，不必对号入座，自寻烦恼。

张中行在《婚事》一文中回忆说，他有位长兄在香河县立小学任校长，一位熟人请托帮忙给人找工作。在温泉女中高中，有个女生名叫杨成业，"反对包办婚姻，离开住在西城的家，决定不再上学，谋自立，不知香河县立小学是否需要人。""杨成业"者谁？早年之杨沫也。那时张中行正在幻想维新，对于年轻女性，且胆敢抗婚，自然很感兴趣，愿意见见杨成业。初次见到杨成业，张中行留下的印象是："她十七岁，中等身材，不胖而偏于丰满，眼睛明亮有神。言谈举止都清爽，有理想，不世俗，像是也富于感情"。张中行了解到，杨成业原籍湖南湘阴，北京生人。"父亲杨振华，据说中过举人，民国二年北京大学商科银行学门毕业，曾创办新华大学；母亲姓丁，湖南平江人，世家小姐；在北京，他还有个哥哥，两个妹妹。"第一次见面，张中行与杨成业有相见恨晚之感，二人相谈甚欢，谈得很多，很久。到中午时，张中行请杨成业及引荐人一起"到东安市场东来顺去吃午饭"。其后，张中行写信致在香河县立小学任校长的长兄，问学校是否缺人，如果缺人，推荐一位过去。长兄很快回信说缺人，欢迎前往。之后，二人关系迅速升温，进展很快。据张中行回忆，第一次见面后，到长途汽车站清晨送行，他们见了几次面，以致上车时都有惜别之意了，双方约定以后常写信。后来果真书信多，收到看完就复。复，写，三页五页，情意还是不能馨尽。"总之，形势是恨不得立刻化百里外为咫尺，并且不再分离。"张中行记得，是在1932年春天，杨成业从香河回到北京，没有回家，直接到了张中行住处，大大方方地住了下来。

那段时间，张中行在沙滩一带租一两间民房，和杨成业住在一起，用煤炉烧火做饭，过起了小两口的日子。对于这段生活，张中行后来写过《沙滩的住》《沙滩的吃》等回忆文字。字里行间，知情人会发现当年杨成业的身影。《沙滩的住》中写道："我有时步行经过，望望此处彼处，总是想到昔日，某屋内谁住过，曾有欢笑，某屋内谁住过，曾有泪痕。"尤其见到门外那棵仍然枝繁叶茂的大槐树，张中行总是不由得暗诵《世说新语》中的句子："木犹如此，人何以堪！"时过境迁，物是人非。睹物思人，张中行不禁有些伤感。何况，人非草木。

　　至于后来张、杨二人如何分手，张中行在《婚事》一文中也有交代。1935年暑后，张中行从北京大学毕业后，"到天津南开中学去混饭吃"。杨成业先在北京，后又到香河去教小学。1936年早春，张中行在天津收到一位朋友寄自香河的信，"说杨与在那里暂住的马君来往过于亲密，如果还想保全你们的小家庭，最好是把杨接到天津去"。张中行立即警觉起来，听了朋友劝告，很快把杨成业接到了天津。"在南开中学附近租了两间西房，又过起共朝夕的日子"。那时，彼此都觉得有了隔阂，心都不安。学期终了，张、杨二人一起回到北京，投奔住在西城的杨成业哥哥。回京不久，张中行反复衡量当时的情况，头脑忽然清醒起来，理智占了上风，"确认为了使无尽的苦有尽，应该分手，另谋生路"。某天下午在杨成业哥哥家里，张对杨表达了此意，"她面容木然，没说什么"。张即离去，二人就此分手。

　　二十年后，杨成业一度大红大紫，成为一个时代的名人。彼时，她已不是杨成业了，改名杨沫。"杨沫"之前，曾名"君茉"，后觉脂粉气重又改为"君默"。"君茉"或者"君默"，皆不太为人熟知。世人熟知的，还是女作家杨沫。

　　在北京西城一别之后，二人很少见面。交往易断，恩怨难断。好在张中行心胸尚宽，处事冷静，不图一时之快。二十世纪六十年代，曾有专案组找张中行外调杨沫的问题，张中行没有落井下石，而是顶住了巨大的压力，给杨沫出具了一份十分肯定的证词："她直爽、热情，有济世救民理想，并且有求其实现的魄力"。关键时刻，张中行替杨沫说了公道话，大大减轻了杨沫的压力，帮助杨沫度过了一道难关。1995年杨沫逝世，张中行获得消息后，却出人意料地表示他不参加杨沫的遗体告别仪式。在张中行看来，欲见最后一面，无非因为"或敬重，或情牵"，而他当时两者皆无。故出自以诚相见，这最后一面，张中行还是放弃了。

理解张中行的放弃，他完全出于理性，亦如他当年果断提出分手。曾经夫妻一场，当一方走到人生的终点时，纵有再多的怨愤，也会烟消云散。

阅读了张中行不少回忆文字，始终未见张中行说杨沫的不是。倒是见过张中行曾经借用《诗经》里的句子，衷心祝愿杨沫："出自幽谷，迁于乔木"。

浮生芸娘

认识那个名叫芸的女子，是在一本名叫《浮生六记》的书中。

《浮生六记》，写于清朝嘉庆年间。它的作者是个苏州人，据说，他是一个名不见经传的画家。他姓沈，名复，字三白。用现在的目光看，这本书应该是一本非虚构性质的自传体文字了。在"六记"当中，写到了很多人，除了沈复自称的"余"之外，"芸"就是一个主要人物了，"芸"是"余"之妻。

读过《浮生六记》，或许记不得书中众多的其他人，但一定谁都不会不记得芸。八十多年前，民国时代的文学大师林语堂曾经说过："芸，我想，是中国文学史中最可爱的女人。她并非最美丽，因为这本书（《浮生六记》）的作者，她的丈夫，并没有这样推崇。但是，谁能否认她是一个可爱的女人？她只是在我们朋友家中有时遇见有风韵的丽人，因与其夫伉俪情笃，令人尽绝倾慕之念。""也许古今各代都有这种女人，不过在芸身上，我们似乎看见这样贤达的美德特别齐全，一生中不可多得。"我读《浮生六记》，对于林语堂有关芸的这种说法，心中信然。

芸，是一个能让人一见倾心的女子。实际上，芸是沈复同年长月的表姐，是沈复舅舅的女儿。如此近亲结婚，在今天来看不可思议，也不会被允许。但在当时确属习以为常的事了，人们认为这样的姻亲是"亲上加亲"，更牢靠，更放心。至于别的，比如，这样的婚姻对于后代的影响，人们或许还不知道，也或许不管不顾了。所以，那年头婴儿的成活不高，天生的残疾人也随处可见。大概，在一定程度上就是这"亲上加亲"惹的祸。

沈复第一次在自己的舅舅家遇见了芸，顿时怦然心动。回家之后，他抛开了一个少年应有的羞涩，十分大胆地向自己的母亲表示，他已经爱上了芸，今生今世非芸不娶了。正如书中所记："余年十三，随母归宁，两小无嫌，得见所作，虽叹其才思隽秀，窃恐其福泽不深，然心注不能释，告母曰：'若为儿择妇，非淑姊不娶。'母亦爱其柔和，即脱金约指缔姻焉。"书中的淑姊就是沈复的表姐芸了，芸姓陈，字淑珍。十三岁的少年，大多十分羞怯，沈复能够对母亲如此大胆而直白地提出了自己的请求，可见，芸在当时对这个少年的心理冲击有多强，这个少年心里的勇气和底气该有多足了。幸好，他的母亲也同时看上了芸，觉得芸是个非常懂事的女孩，她很愿意娶芸为儿媳。于是，沈复的母亲立即"脱金"定下了这对娃娃亲，成全了这对儿一见钟情的少男少女。

不过，沈复的勇气绝不是空穴来风，出自一个懵懂少年的盲目冲动。这个少年的勇气，自有它的来头。年幼的沈复第一次见到了这位同年的表姐，他就已经惊讶于表姐的聪明伶俐了，同时暗暗心疼表姐的楚楚可怜。三十多年后，在中年沈复的笔下，芸给人留下了这样的形象："生而颖慧，学语时，口授《琵琶行》，即能成诵。""其形削肩长项，瘦不露骨，眉清目秀，顾盼神飞。"当然，芸非完美，不是以美人的形象呈现于世，芸有明显缺憾，如芸"两齿微露"，就连沈复都是也曾觉得"似非佳相"。但是，沈复后来转而一想，又觉得芸"一直缠绵之态，令人之意也消"。

芸是一个"下得了厨房"的女子。她是一个居家过日子的普通女人，勤俭朴实，布衣素食，她的身上沾满了人间烟火味。读过《浮生六记》，关于沈复和芸的人生际遇，我有了自己的理解。是不是可以这样说，沈复和芸的婚姻是从一碗粥开始，到最后又是在一碗粥上结束的呢？我是这样认为的。沈复第一次被人称为是芸之"婿"，那是沈复饥饿难忍时，在芸的闺房里偷吃了芸给他藏的一碗粥，结果被芸的堂兄撞见并由此喊出了一个"婿"字。那天，适逢芸的"堂姊出阁"，前来恭贺的沈复，因为客人太多，他迟迟没能吃上晚饭，致使深夜"腹饥索饵"，被芸暗牵衣袖，跟随芸来到了她的闺房。芸端出了她暗藏的一碗热乎乎的白米粥，还有一些下饭的小菜。饥饿中的沈复顾不得斯文礼节了，端起碗来就吃。就在沈复狼吞虎咽大快朵颐的时候，芸的堂兄撞了进来，见状，立刻笑话芸说，刚才我进来找你要粥吃，你说没有了，全吃完了，原来你在骗我，藏在这里专门等着招待你的新婿呀！一时间，场面十分尴尬，这对少男少女无话可说，只恨地上无缝，要不，他俩都会一头钻进地缝里去。随即，"芸大窘避去，上下哗笑之"。"人小鬼大"的芸，真是一个有心之人，在那样一个宾客满堂热热闹闹的环境下，她竟然能想起来悄悄地藏了一碗粥，真有先见之明。其实，最重要的还不是先见之明，是那一颗温暖的、细腻的爱心。有了那颗心，她才能记得沈复，她才会想起来藏一碗粥。在《浮生六记》中读到这个地方，我赞成芸的堂兄所言，虽然这位"老兄"的言语有些刻薄。我还是愿意相信，这碗粥，应该是为"婿"所藏的。

芸与沈复定亲五年后结婚，那一年他俩都是十八岁。人说，春宵一刻值千金。新婚的小夫妻大概没有不恋床的，但是芸例外。"芸作新妇"，"每见朝暾上窗，即披衣急起，如有人呼促者然。"新郎沈复见此情景，心中当然不乐意，但又说不出芸的不是，就跟芸开了个玩笑说："现在又不是当初"吃粥"时那样偷偷摸摸了，起那么早干吗？难道还怕被人看见，让人笑话吗？"芸说："当初我藏粥招待你，被人看见，的确落下了笑柄。现在，我可不是怕人笑话了，我只是担心我起晚了会让公公婆婆怪罪的，认为我这个儿媳妇很懒惰呢。"芸的这句话，恰巧印证了那句关于新媳妇难做人的老话，起早了会得罪丈夫，起晚了会得罪公婆。芸一定是想过了，她不能得罪她的公婆。至于，要是得罪了她的丈夫，那也是没有办法的事情。其实，从书上看，芸并没有得罪夫君。这两口子真心相爱，情深意笃，这点事儿，夫君对她理解了。

大约是从婚后十五年开始，芸就贫病交加了，过着颠沛流离的日子。夫妇俩抛下了一双未成年的儿女，外出谋求生计活路。临行前，"将交五更，暖粥共啜之。"芸强颜笑曰："昔一粥而聚，今一粥而散，若作传奇，可名《吃粥记》矣。"真是一语成谶，那一碗粥吃完之后，这个原本恩爱之家果真就散伙了。芸走后，便没能回到苏州，再未见到她的一双小儿女。在她结婚二十三年，患病八年之后去世，葬在异乡扬州，享年才四十一岁。

芸，同时也是一个"上得了厅堂"的女人。应该说，芸还是一个知书达理、蕙质兰心的女子，她与沈复婚后的那几年，曾经琴瑟和合，红袖添香，其乐融融。当初，沈复对芸一见钟情的时候，在很大程度上，是看中了芸的才情。芸原本是不识字的，通过口授，她竟然背熟了白居易的《琵琶行》。一日，芸偶然得到一本《琵琶行》抄本，芸"挨字而认，始识字"。而后，"刺绣之暇，渐通吟咏"，她爱上了作诗对联，曾经随口吟出过"秋侵人影瘦，霜染菊花肥"的佳句。

沈复度完新婚蜜月后，受父亲安排，告别新婚妻子芸，来到了会稽府，"受业于武林赵省斋先生门下"。那段时间，沈复"居三月如十年之隔"，"每当风生竹院，月上蕉窗，对景怀人，梦魂颠倒"。赵先生善解人意，知其情后，告之其父，出了十道题，遣其暂归。沈复喜同遇赦。归家后，于六月间携芸外出避暑，居住在苏州沧浪亭爱莲居"我取"轩。芸因当时天气暑热，停止了手中的刺绣，遂有时间"终日伴余课书论古，品月评花而已"。小夫妻二人，除了读书作文观月赏花之外，也常常饮酒作乐。虽"芸不善饮"，但"强之可三杯"。沧浪亭的那个夏天，当是芸和夫君沈复一起度过的最快乐的时光了。

在读书习文的过程中，沈复和芸有过轻松活泼开心愉快的交流。有次，沈复曾经问芸，对于唐代的李白杜甫两位大诗人，更推崇哪一位？芸曰："杜诗锤炼精纯，李诗激洒落拓。与其学杜诗之森严，不如学李诗之活泼。"芸生性活泼，活泼之人自然选择活泼之诗。芸的夫君沈复借机开了她的一个玩笑说："异哉！李太白是知己，白乐天是启蒙师，余适字三白为卿婿，卿与'白'字何其有缘耶？"芸乐了，扑哧一笑说："白字有缘，将来恐白字连篇耳（吴音呼别字为白字）。"

芸对沈复的回答，由"白"字偷换概念成"白字"，自然而然，了无踪迹，足见芸的机智巧妙活泼顽皮了，而且，芸的自虐之语，还有一股自谦的味道在里面，让人听了非常舒服。这大概就叫作会说话吧，会说让人一笑，不会说让人一跳。

芸，也是一个脑筋灵活、有情趣、有情调的女子。生活中，她的看似不经意的一个小点子，往往恰到好处，会给夫君制造一个惊喜。多少年后，沈复一直还记得那样一壶香飘四溢、沁人心脾的荷叶茶。"夏月荷花初开时，晚含而晓放。芸用小砂囊撮茶叶少许，置花心。明早取出，烹天泉水泡之，香韵尤绝。"实事求是说，今日的女子比起两百多年前的清朝女子来，该是聪明多了，生活中她们也常常会有惊人之举。但是，我还没有听说身边的哪个女子，为了夫君的一壶茶，竟然想出了这样一个奇妙的鬼主意。我猜想，沈复难忘的远不是那样一股茶香，难忘的是一种情趣，一种情调。

芸，甚至还可以说，是一个能够让男人当作挚友或者兄弟的女人。用现在的眼光看，芸对夫君沈复，应该不光是夫妻之情了，还会有些朋友、兄弟之谊。拿现在的话来说，或许有不少男人愿意视这样的女人为"知己"了，而且，还会在"知己"的前面加上"红颜"二字。

芸在外面结识了一位"一泓秋水照人寒"妙龄女子，她的名字叫憨园。芸一回到家里就对沈复说："今日得见美而韵者，顷已约憨园，明日过我，当为子图之。"芸见到了憨园以后，内心很激动，她直感叹，总算遇上了一位美丽又有韵味的女子了。可见，芸的用心良苦，她已经为此努力好久了。芸当即约了憨园第二天到家里来玩耍，她将想办法为夫君图谋，让夫君纳憨园为妾。第二天，憨园果真上门来了，芸热情款待，且与憨园结拜为姊妹了。之后一段时间，芸和夫君无日不谈憨园，似乎憨园已经成为这个家庭中的一员了。可是，世事难料，年轻美貌的憨园最终被一个有钱又有势力的人夺走了。憨园背弃了她与芸的约定，这让芸很伤心，芸为夫君纳妾的计划就此成了泡影。而后，正是因为这件事，芸，竟抑郁成疾，一病不起，以至香消玉殒，带着无限的幽怨和遗憾离开了人世。

替别人穿针引线，帮忙纳妾，这事若是发生在朋友、兄弟之间，倒是情有可原。发生在夫妻之间，而且还是妻子主动，就很奇怪了，甚至让人不解。难免让人发问，难道芸不是一个女子？若是女子，芸又该有一副怎样的胸怀？

妻主动为夫纳妾，不成，竟因此而病，而死。如今，这样的事想想都觉荒唐，除了荒唐，剩下就只有悲哀了。现在人听了这样的故事，难免不会感叹，多么糊涂的女子，头脑里除了贤惠，装的大概就是愚昧了。可是，这个故事在当时还偏偏就是事实，它不仅感动了沈复本人，还曾经，并且一直感动着许许多多的后来人。

所以，读过《浮生六记》，便不能忘记芸是怎样一个女子了。相信，未读《浮生六记》者，后来去读《浮生六记》，多般该是因芸而起了。实际上，几百年来，芸，可能就不再是阡陌红尘里那个满身烟火味的女子，她俨然成为如梦浮生当中许多男人心目中的女神了。

《浮生六记》因为芸，得以流传至今。后人以为它能与《红楼梦》相媲美。在许多人眼里，《浮生六记》就是一部浓缩的微型《红楼梦》了。

喜欢《浮生六记》的人，莫不喜欢芸了。

选自《未来》2017 年 2 期

爱已成歌

黄丹丹

一

　　清晨，薄雾熙凝的行程中，我顺手旋开了音响，恰飘出老狼浅浅吟唱的那首老歌："当爱已成歌 / 唱歌的人已变成风景 / 美丽的往事飘零 / 在行人匆匆眼里 / 谁能把一只恋歌唱得依然动听 / 偶然的天晴 / 偶然地谈起旧日电影 / 相爱的人在黄昏 / 像童话一样别离……"总是很喜欢那些老歌，觉得老歌里有安静的力量，无论是忧伤惆怅还是欢快喜乐，都显得很真实，仿佛一切都触手可及，那份感动可以直抵内心。

　　我喜欢旧时的音乐。二十世纪五六十年代美国的乡村音乐，在我小厅里那个老MP4里存在了很久，晚间读书或手工的时候，我会打开连接着它的老音响，音乐缓缓，时光漫漫……很安谧，很舒心的状态，那一切都因音乐的辅助而更有一种定力，把那安静的画面定格成了一首配乐诗，牢牢拷贝在我记忆的存盘里。

我有很多旧的手机，暇时，免不了会拿出来把玩一番。把玩它们，是因为想听一听存储在它们里面的那些音乐。在某一段时光里谁没有让自己特别倾心的音乐呢？那些音乐在彼时如此贴合你的内心。每一个音符，每一句歌词，仿佛都是你的心声，你不由自主地爱上那些歌，为之心动，因此感动。曾经和一位女友出行，当我们在车上就一个话题正聊得开心时，伴随一首歌若有若无地响起，一直笑得花枝乱颤的她居然窸窸窣窣地抽起了纸巾……我看着她在那一刻突然变得忧伤的脸，并没有询问她哭泣的理由。因为我能猜到，一定有那么一个人，一个场景，正在以这首歌为背景音乐，如同老电影般寂静地回放。我并不言语，能做的就是保持安静，给她的回忆提供一些留白。一首歌飞快地过去，她也拭干了眼角的泪，对着窗外沉寂了片刻。只片刻，她又雀跃如常了。看，回忆，也许只是一首歌的间距。因为，有些爱，在现实的潮汐里，早已成为过去，惟蜕成一首歌，悠然流淌。

二

越来越不懂得悲伤。只悲不伤，或者，只伤不悲。因为，我早已学会了克制，谁说的，懂得克制的灵魂是高贵的。可是，我怎么会觉得高贵那么累呢？

不再看伤情的电影，不听忧伤的歌。甚至曾经非常感动自己的小说也不愿意再翻起，无它，只是不想自己被感动所伤而已。在克制里生活，很淡。优雅的恬淡，漠然的冷淡。

　　不愿意过多地陷入。对任何事浅尝辄止。对食物如此，对人也是。早已不能说出特别渴望拥有什么。车载MP3里还是多年前下载的老歌，不想更新。不仅音乐，也包括我的生活。习惯了习惯的，那让我觉得安妥。

　　可还是在无意中听到了一首歌。一首歌的时间，三分三秒。却怎么感觉像是三生三世。踏踏实实地让自己感动，心动，情恸。再一次被音乐惊动，每一首歌都有一个灵魂。那灵魂是用来和人心碰撞的。不小心，我就撞疼了自己。多久没有这么打开过自己了？任由眼泪无声地覆了满脸，任由心湖泛滥，任由记忆翻滚。早已不在了的人，早已远去了的事，即便封严，也如酒，会更酽。突然很讨厌自己，一直都是这么一个喜欢克制的人吗？为什么总在该说的时候不说，该笑的时候不笑，该哭的时候不哭？

　　人的一生，有很多时候都是在等待。漫长而无期地等待。并且，其中的很多等待都还是无望的。我不是一个喜欢等待的人，我喜欢一切可以被自己笃定的事情。所以，我一直看似无畏地在往前走。终点是哪里？我也不知。但我还是习惯走。停下来的感觉会令我恐惧。

　　突然想起那一年，在夜游人。那是我们最后一次见面。和读书时一样，我不喜欢嘈杂的地方，你却偏要去。也只有你才能拗过我吧。在你跑去跳舞的时候，我坐在角落里睡着了。那情景如多年前我睡在被你拖去的喧嚷迪吧。午夜之后，我们离开酒吧，在夜风里，沿着马路牙子，手牵手，走了很久很久。边走，你边哭着笑着唱着。我只无声地牵你的手。走到科大门口，你突然问我，是不是当你是最好的朋友。我还是无语。我是那么不喜欢表达。你却一直喜欢逼问，尤其你失恋的时候。其实，你不是。你不是我最好的朋友。因为，你什么都要和我抢。而我，总是不喜欢和人争。尤其对你。再后来，你就一直消失在了我的世界。年末的时候，我听人说起你，他说在异乡的街头问路时居然偶遇你。你看上去很憔悴。那一刻，我的心就疼了。但，为什么，我没有问他有没有你的联络方式。我很想知道，你过得好不好。我也很想告诉你，常常惦记的那个人，也许就是自己最好的朋友。这样的回答够不够呢？如果不够，我还想说，任何时候，听一首感人的情歌，我想到的都是你。我是心里，没有爱情的痕迹，所有青春的记忆里，都是我们，我们那芬芳的友谊。

一首歌的时间，我卸去了所有的盔甲，彻底地感受到了一种悲伤。悲是凉凉的，伤是疼疼的。就像是喝过了冰酒，心头泛出的那点酸，抓不住。在时间的真实里，我突然发现，真的没有最后。

三

影院里，电影散场，《致青春》的前奏在离场观众纷沓的脚步声中响起，我的心顿时就被电击了一般战栗了起来，那前奏，多么像《花样年华》中的曲子！我静在那里，王菲空灵的嗓音天籁一般随性如风一般冲击着我，到那句"良辰美景奈何天"的时候，我的泪就不知不觉落了下来。我一直侧立在甬道，被走过的人群挤着攘着，却来不及去擦拭那涌了满脸的泪，我只侧耳倾听，手，轻放在被胸前，想抚平胸腔里面那一颗被这首歌给揉皱的心……

一首歌，如何打动一颗心？对我而言，就是那里面有没有我可以承载的梦。音乐，是没有国界和语言来限制的艺术。音乐是流淌着的诗，可以从人的耳朵，缓缓地流入心坎，传入血液，让人振奋、情恸或者幽思。

因为太喜欢，我分享这首歌给好友听，好友却不置可否地说不过如此。我无语。继续戴着耳机，单曲循环放着这首歌，一遍一遍，无休无止。音乐是人们抒发感情，表现感情，寄托感情的艺术，它关联人们千丝万缕情感的因素。音乐是对人类感情的直接模拟和升华。我们可以从音与音之间连接或重叠产生的高低、疏密、强弱、浓淡、明暗、刚柔、起伏、断连等变化中，找到它与人的脉搏律动和感情起伏产生的关联，那种关联会种对人的心理起着不能用言语所能形容的感觉。有时候，一首歌，遇到懂得的人，就会成为那个人心中永远不萎的一个梦。我不是一个容易被流行的趋势所带动的人，这首歌之所以让我喜欢，是缘于它能入我心。曲调的美让我心动，王菲的嗓音令我惊艳、歌词的美又让我玩味，这样完美契合的一首歌，怎能不让我沉醉？古有俞伯牙为知音钟子期之亡而绝弦，可见知音难觅。所以，一首歌，能遇见懂得的人也是难得了。

"他不羁的脸，像天色将晚。她洗过的发，像心中火焰。短暂的狂欢，以为一生绵延。漫长的告别，是青春盛宴。"王菲依旧沉吟般轻哼着，我倾空内心地安静聆听，感觉到那一缕青春的旧梦缓缓袭来，然后，还来不及去捕捉，她又继续用清幽古泉般甘洌的嗓音唱道："良辰美景奈何天，为谁辛苦为谁甜。这年华青涩逝去，却别有洞天。"至此，那个梦，随着音乐渐渐隐去最终了无痕迹。

选自《淮南文艺》2017 年 2 期

沉樱：两只刺猬的爱情

■ 梅莉

除你之外别无他爱，我怎么能够忘记你呢？

——樱花花语

记得我还是少女的时候，不知从哪里弄来一本破旧发黄的小说集——《喜筵之后》，随手一翻便被其秀丽的文字、细腻的情感与富有诗意的风格深深吸引，自此，知道民国还有一个大才女叫沉樱，她在现代女作家中有承上启下的地位——张爱玲之后、丁玲之前。

虽然钱钟书说过，假如你吃了一个鸡蛋觉得很好，何必一定要去找下这只蛋的鸡呢？

但是好的文字，通常会吸引着我想去了解这文字的创作者拥有怎样的人生，是华丽还是平淡？是传奇还是烟火？

1

章诒和女士透露自己的写作深受沉樱影响，并如此盛赞沉樱："我正在阅读沉樱，她的散文简约纯朴，感情真挚，不眩惑于奇巧华丽，不刻意追求艺术特色。我能学到她的一半，就满足了。可能一半也学不到。"

沉樱在散文《春的声音》里有一段特别有意思："初次离开到处拥挤着房屋和街道的城市，到了一望无际的旷野，那愉快是难以形容的。整天奔走在绿油油的田野里，编柳枝采野花之外，还有一桩乐事，便是听'播谷'叫。这鸟的叫声，无论什么时候听去，总是远远的，仿佛要同人保持一种距离，故意躲在什么地方，却又一声声地清楚地叫着，像是对人说话那么富于亲切活泼的意味。听了它的鸣声而不动心的人，恐怕是没有的。难怪农人听了，觉得它是在提醒着'播谷！播谷！'，而受折磨的儿媳妇听了，说它是大声疾呼着'姑恶！姑恶！'对于小孩子，虽然听不出什么意义，却也觉得趣味无穷。不知是谁把它似通非通地谐作'光棍托锄'，并把这作为它的名字。每逢这鸟一叫，我们便仰望着那声音所在的远方，模仿着它的调子作一种唱和。我们对唱的开场是听它自报姓名似的先叫一声'光棍托锄'！我们便紧跟着问：'你在哪里？'刚问完，它又叫第二声，像是回答：'我在山谷。'又问：'你吃什么？''我吃石头。''你喝什么？''我喝香油。'大概小孩简单的头脑再也想不出别的可问的了，便就此为止，只反复地问一遍又一遍，它也总不厌其烦地照样回答了又回答……"

把春天写得如此生动俏皮，不禁令人莞尔。

沉樱的才华世人共睹，但是她的婚姻却令人唏嘘，用今天的话来说，是正室被"小三"打败，负气忍痛割爱后，却用一辈子的时间来忘怀。

沉樱（原名陈瑛）于 1907 年生于山东一个中产阶级家庭，祖上为官，家境良好，而且还是书香门第。父亲是开明绅士，接受新兴思想，特别重视子女的教育，具有男女平等意识；二舅父是北京大学哲学系的高材生，才华横溢、思想新锐，反对女孩儿缠足、主张女子读书，是个新派人物。生于这样的家庭对当时地位低下的女孩来说是一件多么幸运的事。

沉樱从小便不像一般女孩子那般混沌，她敏感而惊奇地从父亲与二舅父的身上看到一股蓬勃的新生力量。

沉樱虽是个女儿家，但生于开明家庭的她却不用像别家女孩那样从小便痛苦缠足，聪慧与勤奋使她一路接受良好的教育。1925 年考入上海大学中文系的沉樱，开始发表文学作品，两年后又转入复旦大学。在复旦读书的那两年是沉樱的黄金时代，容貌气质俱佳的沉樱很活跃，普通话又说得好，曾得到剧作家洪深的赏识，主演过话剧《女店主》。在此期间，她与戏剧家马彦祥（也是她的复旦同学）相识、相爱、结婚。但是这段婚姻堪称闪婚闪离，因为马彦祥很快又移情别恋。1930 年底，和马彦祥离婚后的沉樱，离开上海来到北京，于是，命运安排她遇到了"中国拜伦"之称的梁宗岱先生。

梁宗岱是诗人、翻译家，精通英法德意四国语言的大才子，曾留学欧洲，回国后任教于北大。在北大，风度翩翩的梁公子与秀美知性的沉樱小姐初见，两人迅速坠入爱河。

沉樱特别钦慕梁公子的博学与才华，因为无论他是写诗或者翻译都特别认真、执着，而她后来在翻译事业上的成就，应当说是受他的影响至深。梁亦欣赏她的秀外慧中。1934年梁宗岱因包办婚姻离婚一事与文学院院长胡适闹僵，从北大辞职后，携沉樱同赴日本，两人同居。

在日本叶山的一年是他们恋情中最快乐、绚烂、浓烈的好时光。巴金先生留学日本时写的散文中这么描写了梁宗岱和沉樱在叶山的生活："在松林的安静的生活里他们夫妇在幸福中沉醉了。我在他那所精致的小屋里看到了这一切。"叶山仿佛成了他们的世外桃源，足以见证当时他们的感情是蜜里调油、欲仙欲死。

嫁给一个激情洋溢、做事冲动不过脑子的诗人其实是一场赌博，尤其对沉樱这种也颇具个性、敏感细腻的知识女性来说。婚后他们第一个女儿出生了，取名为"思薇"，而这个"薇"来自于梁宗岱对曾经热恋过的法国"白薇"姑娘一往情深的思念，我很好奇这种小说里的桥段真实出现在现实生活中，对一个心思缜密的女作家来说，可知其中寓意？如若知道，是否眼里有泪、心里有怨？

他们琴瑟和谐地共同生活了八年，生下一子二女。当然作为一名母亲，沉樱在这段婚姻生活里牺牲了大量的自我，这八年里作为才女的她创作出的作品很少，有不甘也有抱怨，加上两人都个性倔强、脾气耿直，就像两只刺猬，都不肯削短自己的刺来迎合对方，于是争吵也在所难免。

沉樱好友赵清阁回忆说："沉樱热情好客，朋友们都喜欢接近她。为了家务之累，她不能常写作了，心里不免烦恼，常和宗岱闹脾气。宗岱性情耿直，也不谦让……"尽管争执不断，磕磕碰碰地过日子，但沉樱却还能以一颗愿赌服输的心来面对，因为她依然深爱着他。

2

有句话说婚姻一般都会经历"七年之痒、八年之痛"。命运果然在 1944 年出现了转折，他们在一起的第八年，危机来袭。

书生梁宗岱在回老家广西百色处理家事时，与当地的粤剧演员甘少苏相识相爱，闹得沸沸扬扬，上了当地报纸娱乐版头条。《广西日报》的大字标题是：梁宗岱教授为一个女伶大演全武行。知名教授与天涯沦落人的花旦一见钟情，足以惊世骇俗。自尊心极强、好面子的沉樱闻讯后，立即携两个幼女搬出住所。面对婚姻中"小三"的出现，她立即选择全身退出，这不能不说是缺少理性思考的一时冲动之举，也是她一生情感剪不断、理还乱的缘由。

当时他们的感情是出了些问题，但是谁的婚姻在经历了七八年后还没有一些这样那样的问题呢？他们的幼子却是在分居之后才出生的，可见他们的感情并未完全破裂，离开他时，她有孕在身。只是当时诗人气质与侠客豪情兼具的梁先生，已完全控制不了局面。

作为"小三"的甘少苏命运多舛，但显然不是个没有头脑的女人，她已然感觉到梁宗岱是能改变自己命运的男神，不能让这么好的优质男人白白从身边溜走，抓住他就有她想要的幸福。

当时，他是复旦大学外国文学系名教授兼主任，著名学者，她只是个戏子，社会地位悬殊，可以想象能得到梁宗岱先生的关爱会让她有多么受宠若惊，也可以想象她会多么珍惜这份情谊。甘少苏在遇见梁以后，曾偷偷地去拜观音求签，竟求得一个上上签，说她的好姻缘到了。这条上上签给了这个手无寸铁、唱戏为生的弱女子以极大的勇气，她正式向军官丈夫提出离婚。丈夫索要分手费，先付四千被赌光，然后说再付三万，便可了断关系。梁宗岱又慷慨拿出三万，还庆幸地说：也好，三万能买下你的独立自由，也值得。据说这个数额，在当时可购黄金十两。可见民国时的教授收入还是很可观的。梁宗岱还是个多金的主。

甘少苏在梁宗岱的帮助下终于重获自由身。于是，她开始下一步计划。略施心计，故意在梁宗岱面前放大他们之间的绯闻对她的负面影响，显示自己的柔弱无依。她深知这种示弱对于梁这种侠义心肠的男人才是最有力的进攻。多年以后，甘少苏在她的回忆手稿中，复述自己当时是这样向梁宗岱剖明心迹的："弄到今天，社会上传得不堪入耳……我的意思是将错就错，我亦不想再过舞台生活，请你为人为到底，送佛送到西……"傻瓜都能看得出，这就是对方在逼婚了呀！

事至如此，行侠仗义的梁先生其实还是没有想过要与甘少苏真正恋爱、结婚的。他有首诗说明自己关心与救助甘少苏只是出于同情："原是怜卿多漂泊，忍令翻添新恨？都只为关心过甚，忘却人间花易萎。"一个天真、热情而单纯的诗人，往往是感情先行，后知后觉，事件的结果根本不在他的设计与掌控之中。甘少苏回忆说，当时的梁宗岱进退两难地说："本来是全心为了你的艺术前途，谁料今天弄到如此地步……我已有老婆，沉樱一定不容许我的，但是到现在亦只好这样了。"

婚姻出现前所未有的危机，在妻子带孩子毅然决然地离开家后，梁宗岱也曾想努力挽回。但是倔强的沉樱让他在她和甘少苏之间必须做出选择时，他却选择了后者。也许他已厌倦了他们之间怨偶似的没完没了地争吵，也许他那颗英雄救美的诗心太过天真烂漫？相比而言，沉樱是强势而独立的，而甘少苏是弱势的，完全依赖于他的，于是，他放弃了名利，也放下了他与沉樱的一世情缘，以一颗救世主的怜悯之心决定与一名苦情伶人半路相逢相伴终老。

3

被"小三"打败后的正室沉樱，既伤心又伤自尊，以其山东人的执拗脾气，携三个年幼的子女离开大陆，远赴台湾继续教书生涯，独自抚养大三个孩子，真是爱有多深恨有多深，她就是想离开他，越远越好。

据沉樱好友赵清阁回忆，沉樱赴台前，她曾与朋友前去劝阻，"但她个性很强，表示要走得远远的，永世不再见到梁宗岱。这是恨，但也是因爱而恨！他们的矛盾主要还在于宗岱希望她做贤妻良母，而她偏偏事业心很重。据说当年梁宗岱也曾从广西飞到上海，希望至少阻止子女赴台。未果。"

他们的大女儿思薇说过，她母亲对父亲一直是又爱又恨。他俩其实都相互欣赏，相互关爱，但因两个人个性都太强，永远无法相爱。母亲毅然离开父亲，并不一定是因为父亲对她用情不专，而是由于性格不合。虽然夫妻俩个性迥异，但梁的用情不专可能是压垮他们感情的最后一根稻草，至少对沉樱来说是，她本想慧剑斩情丝，不料那个人却成了她一生的牵挂。

据作家林海音回忆，大约 1967 年，正是沉樱翻译事业的巅峰时期，出版多本翻译小说的同时，忽然拿出一本梁宗岱的译诗《一切的峰顶》，说是要重印刊行，她当时很不解，梁先生有很多译著，为什么单单拿出这本重印呢！后来才知道，原来梁的这本《一切的峰顶》

的译作于 1934 年是在日本叶山完成，当时她正陪在他身边，而这时段正是他们感情中最浓墨重彩的一章，承载着多少甜蜜的回忆，可见她对梁的感情，自始至终都并没有消失过。沉樱虽然当年盛怒之下远走他乡，但她一直没有和梁宗岱离婚，在名义上仍是梁太太，而梁的妹妹也在台湾，她们还一直是很要好的姑嫂，有大陆学生来拜访时称她"梁太太"，她亦很开心，并以此为荣。

沉樱和梁宗岱在二十世纪五十年代后期便恢复通信联系。1972年沉樱写给梁的一封信中亲切地称他们为"怨耦"，"耦"即"偶"，她还不无悔意地在信中写道："时光的留痕那么鲜明，真使人悚然一惊。现在盛年早已过去，实在不应再继以老年的顽固……"才女是否在很多个思念如水的夜晚，后悔过自己年轻时的一时冲动，将至爱拱手让人，使自己在年华中老去？

他们短暂的婚姻，沉樱却用一生来守望，心似一座寂寞的城池，而他身边已另有相伴到老的佳人，遂使我想起台湾诗人郑愁予那首著名的诗《错误》：

我打江南走过
那等在季节里的容颜如莲花的开落
东风不来，三月的柳絮不飞
你的心如小小的寂寞的城
恰若青石的街道向晚
跫音不响，三月的春帷不揭
你的心是小小的窗扉紧掩
我哒哒的马蹄声是美丽的错误

我不是归人，是个过客……

直到晚年，沉樱还想着要帮梁宗岱出书，甚至连梁宗岱给甘少苏写的一本词集《芦笛风》，也可以帮助出版，可见她对梁宗岱的文字是多么赏识。但是在她1982年的回国期间，梁宗岱卧病在床，希望能见沉樱最后一面，她思前想后，一夜转辗，终究还是没见，信守了自己一生不再见梁宗岱的诺言。

他们如刺猬一样相爱，选择远远地相忘于江湖而不是相濡以沫。两只刺猬的爱情注定不易，靠得近了，都被对方的刺扎得生疼；隔得远了，却又彼此挂念，藕断丝连。

特别是沉樱用情更深，身虽远去，心却相随，孤独一生都愿被别人称为"梁太太"。

以小说《某少女》而蜚声文坛的沉樱，纵然遭遇过婚变的打击、人生的坎坷、生活的艰难，她却从未停止过手中的笔。有时文字是一种救赎。我认识一位编辑，她中年丧偶，悲痛欲绝，却在女儿的家教老师教写作课时偶然迷上写作。自此，一发而不可收，书一本接一本地出，她终于找到一个发泄、遗忘悲伤的出口。因为有了文字作寄托，她整个人都变得积极乐观起来。

沉樱是爱樱花的，所以她的笔名带有一朵樱花，当初取这名是因为喜欢鲁迅与周作人翻译的日本小说。她的作品里有樱花般柔美的气息，悠然自得地绽放在文学的花园里。只要你看一眼她的文字，就会深深地迷恋上。而她的性格中也有樱花勤勉、热忱、刚毅、执着的风格。

樱花，你看一朵时，它有独特飘逸的美；看一树时，它有热烈奔放的美。每年的三月底，我都会去上海的顾村公园看樱花，满树烂漫，如云似霞，如梦似幻。而樱花的花语是："除你之外别无他爱，我怎么能够忘记你呢？"

选自《作家天地》2017 年第 8 期

阅爱记

安
宁

读纪晓岚的《阅微草堂笔记》，常内心震惊，是彻骨的悲凉，为人性深处的孤独，或对物欲的不息纠缠。看似所有故事都是道听途说，又假借了鬼狐的名义，却一则一则，都是从现实的泥淖中生出。《阅微草堂笔记》里记载的，不论男女，都有让人憎恨之处，这更符合喧闹的现实人生。爱恨、嫉妒、纠缠、苦痛、复仇，几千年来，一直存在于人的体内，犹如一粒种子，生生不息地根植于人类心灵深处。现摘录几则，以窥纪氏笔下，与当下相差无几的爱恨情仇。

萍飘蓬转，再嫁谁知

沧州的甲女，被父母许给乙子之后，如果没有遇到因雨而留宿家中的算命先生，大约命运会一路顺畅，在约定的一两年内结婚生子，过素常人家的静寂生活。这中途，如果丈夫没有意外，她既不会改嫁他人，也不会移情别恋与人私奔。而嫁给豪门之家的念头，更是连根基也不会扎下。可惜，她的命运，被算命先生不知是有意还是无心的一个判断，给无情地突然逆转。她的父亲，好奇心强，非要给女儿算上一卦，似乎，他已经许诺的未来的清贫女婿，会自动转运，连带的他这岳父，也能跟着被雨露恩惠。算命先生大约从甲和甲女的眉目中间，瞥见了他们父女如出一辙的对富贵生活的虚荣与爱慕，并会因为这样的贪恋，而导致人生的逆转，所以只是推脱，说自己没有携带算书，无法为之推算命运。这样一句，反倒让甲心中生疑，不停追问，直到算命先生不得已，说出自己心中困惑：明明甲女已经许诺他人为妻，且婚期已至，但她的人生归宿，却显示为人侧室之命。

说者无意，闻者有心。有狡猾之人，想要借此牟利，于是劝甲说，你家本就无钱，嫁女又需要多付上一笔嫁妆，更是愁上加愁，而今既然命定做人侧室，不如先谎称女儿生病，再谎称女儿已死，买上一副空棺材，速速葬掉，然后连夜离开此地，前往京城，改名换姓，卖到有钱人家为妾，如此便可拿到一笔丰厚钱财，改善生活。这样的主意，如果甲不贪图便宜，即便那狡猾之人夸下天来，成为贵妃娘娘，大约也不会心动到将女儿改嫁他人为妾。偏偏，甲是穷命，骨子里爱钱，又恰好有达官贵人嫁女，求美婢陪嫁做妾，于是用二百两银子买了甲女。

几个月后，大船载着贵人之女和甲女，浩荡开在夫家。如果人生无变，大约甲女的命运，自此真的如算命先生所言，做人小妾，且享尽富贵荣华，也算是从昔日乙子的清贫家庭中，华丽转身。可惜，人的命运，似乎早已在出生之时就已注定，否则，算命先生不会闭口不谈甲女的人生。船行至中途，忽然翻掉，所有人都葬身鱼腹，唯独甲女被人救下，得以生还。这一被救，一切都发生了改变。官府人员问甲女是何方人士，而甲女因在贵人家中时日太短，无法记住贵人名字，却独独对父母的名字和居处，都记得一清二楚，于是便被再一次送往沧州，而她的父亲精心策划的改变命运的这一计划，也因此败露在乙子与其家人而前。

可惜那时，乙子已经跟表妹结婚，无法再履行婚约。而当乙的家人听到甲是为钱出此计谋之后，愤到想要诉讼告官。甲颇为窘迫，想要将女儿依然嫁给乙子为妻。而乙子表妹家听后，也心生仇恨，同样想要告官。一时间三个家族纠缠难解，几乎酿成大祸。两家本已是亲，于是众人纷纷调解，建议甲出钱，迎回女儿，并将其嫁给乙子做偏房，这才将三家矛盾调和。

甲女在回家路上，想来与她的父亲生出过争吵，或许剧烈，或许是绝望后现出的死寂。而甲女在抵达家的门口，看到乙子坐在牛车上，等她嫁入婆家之时，她一定有过慌乱和恐惧，这是被命运之神嘲笑后的恐惧，她与父亲极力想要摆脱掉的做人偏房的命运，左躲右闪，还是没有逃脱掉那巨大的罗网。

一个女人娘家的人品、家境及遭遇，在很大程度上，将影响甚至决定女人未来在婆家的地位。甲女被其贪恋金钱的父亲这一番折磨，将原本可以安稳的幸福，瞬间给埋葬掉。当她抵达婆家，嗫嚅着解释这不是自己的意思，而是父亲所为时，婆婆冷笑：既然不是你的意思，那么卖你至贵人家时，为何不对人声明，自己已经有了丈夫？甲女无言以对。而在引其拜见乙子正房时，面对这个原本属于自己的位置，甲女心慌，绝望，在弯腰时，本能地抗拒了一下，而一旁的婆婆再一次尖刻嘲讽：你被卖为别人小妾时，也不拜正房么？甲女再一次无言，而这一次，想来她已经心如死灰，除了遵命下跪，尚需要在人世苟活的她，别无他法。

这一跪，其实是甲女对命运的屈服，那无常的命运，将她玩弄于掌心，她完全无力逃脱，出嫁与出家，一字之差，但她却只能屈从于命运的安排，连绝望之后，出家为尼的自主，也不再有。她这一生，如水上浮萍，漂至何处，完全看风的方向，和水流的速度，她浮在其上，眼看着那险境来临，却任凭风吹雨打，一层一层，剥去年轻的容颜，和鲜亮的色泽。

甲女的结局，即便是没有记载，也完全可以想象，她被婆婆当作家中奴隶，一生使唤，鞭打，呵斥，她在这个家里，看似偏房，实则奴婢，或许，连一个奴婢，也会在心底对她不屑一顾。那个不小心在她家避雨的算命先生，假若知晓她的命运，除了一声叹息，大约还会生出惊骇，对命运如此精准地将一个人刺中的惊骇。而甲女的父亲，这个其实真正决定了她的命运的男人，将女儿嫁出之后，或许再也不会拜访乙家，既是窘迫，也是无颜，他每将一两出售女儿的银子花出去，他心里的重负，就增加一分，一直到那些银子消耗完毕，他也被良心给折磨致死。萍飘蓬转，甲女的人生，就这样毁掉。

飞蛾扑火，只为复仇

康熙末年一嚣张跋扈的世家子，仗着自己有钱有势，将仆人的妻子，强行奸污。做仆人的，总归没有能力跟主人抗衡，在人屋檐下谋生，又不能报官，只能忍气吞声，以至于怨气郁结，得了食不下咽的不治之症。而这世家子，并不以为然。也大约，他是欺凌仆人惯了的，知道没有人会违抗，只要他想，这世界都是他的，所以也便肆无忌惮，连道歉赔偿也没有，任由那仆人郁郁而终。临死之前，仆人用手抚摸着已经怀孕的妻子的腹部，自言自语道：也不知这孩子是男是女，能否为你的母亲复仇？

想来腹中的胎儿一定是听到了做父亲的悲伤，或者，在这个被侮辱的男人死后，做妻子的，每天都对着腹中的孩子说话，告诉她所受的屈辱，和应该牢记的仇恨，所以他们不仅如愿以偿，生了女孩，而且聪慧美丽，让人生爱。不知是做母亲的特意让女孩吸引世家子，还是世家子的确被女孩蛊惑住，再或，根本就是受了母亲日复一日的复仇指教，女孩知晓那个对自己艳羡的男人，就是曾经侮辱过家族的仇人，所以刻意接近，犹如一个用美色执行任务的间谍。

等到女孩像一朵花一样绽放开来的时候，忘了自己曾经对其母亲罪恶的世家子，再一次将欲望投向这个家庭。只不过，这一次不是奸淫，而是娶其为妾。女孩出嫁的那天，做母亲的会对她说一些什么呢？一定是叮嘱她不要忘了曾经的仇恨。而躺在世家子床上的女孩，心里含着仇恨，脸上却要强装笑颜，百般诱惑，甚至还忍着屈辱，为其生下一个儿子。只是，世家子福禄短暂，很快患了糖尿病，且不久便赴了黄泉。而在世家子尚在人世之时，无人可以约束的女孩，便开始放荡不羁，不守妇道，周旋于多个男人之间，全然不顾及世家子的家族声誉。终于在世家子的葬礼上，跟人打起风月官司，用最切实际的放浪举止，给世家子以致命的羞辱，完成还在母腹中时，便被授予的复仇的家族使命。

这大约是一种比较显性的复仇方式，而且方式温和，不知其因者，也大约以为女孩天性放肆，并不认为是为家族复仇。而另外一个仆人的女儿，则在主人将其父母凌虐致死以后，用隐形的却近乎阴险的方式，展开了她的仇恨之旅。此女擅长攻心，知道主人喜好，但凡衣食住行，无不安排得入心入肺，让其心满意足，信任于她，并将家中大小事务，全交给其管理，连正室的权力，甚至都全部下放交给了她。而为了笼络讨好，此女在性爱上，也是极尽妖媚之能事，让主人床上床下，都离不了她，算起来，她可谓上得了厅堂，下得了厨房，是一个全能型的老婆。所有知晓她家庭历史的人，都对她鄙夷，想着她的父母算是白养了她这样一个女儿，将仇恨忘记也就罢了，竟然还如此全心全意地对仇人好，似乎，这个仇人才是生养她的父母。有人甚至以为这个主人有蛊惑人心的法术，能让不共戴天的仇人，比所有人都效忠于他。

但此女并不介意别人的风言风语，照例全身心地将自己投入到这个家庭中来。只是，在其得到主人的信任，让主人一心一意地听从她后，这个家庭，开始出现了微妙的变化。主人被其引导着，学会了奢靡享受，家中财产，没过几年，便被其挥霍掉十之七八。继而，主人和正室儿女之间的关系，也变得紧张，此女夹在其中，貌似说和，但常常让父子之间剑拔弩张，终于如仇人一样，彼此忌恨。

这几乎是一个比武则天还有手段的女人，甚至懂得用《水浒传》中宋江柴进的故事，教唆其丈夫做一个如他们般顶天立地的英雄，要结交此类豪杰，方不枉来世一遭。做丈夫的，当然不服软，终于走上结交江湖盗杰的道路，并最终杀人，被官府捉拿，判处死刑。

人人都以为其夫被行刑之时，这个与男人"沆瀣一气"的女人，会痛哭流涕，伤心欲绝。可是，刑场上却并不见她的身影。没有人知道，她去了什么地方，更不会有人知道，她早已经准备好了一壶好酒，跪在父母的坟前，一边敬酒一边哭诉说：这么多年，你们和周围人一样，以为我不为你们报仇，忘记了家族的仇恨，所以每晚都拿梦魇吓我，在梦里凶恶地似乎想要将女儿杀掉，而今你们应该明白，我是怎样忍受着煎熬，走过了这么多年，让这个男人和他的家庭，一起毁灭。

这些话，男人是听不到了，他至死都不知道送他上刑场的，不是盗贼，不是官府，而是枕边这个仇家的女儿。他以为当初杀掉了她的父母，娶她为妾，无人会惩罚他的罪行。殊不知，一切都被命运之手掌控着，他做下的一切罪，终于被一个女人，以这种更为毒辣的方式，做了了结。那个日日潜伏在他身边的美妾，在一开始，便是携带了剧毒的蛇，缠绕在他的身上，看似缠绵悱恻，实则已经将致命的毒液，在他没有察觉的时候，一点一点，注入他的五脏六腑，直至他外表看去华美，但内里早已腐烂成泥。

琵琶别抱，身去心留

隋朝兰陵公主，虽身份高贵，却不如沧州一少妇幸运。兰陵公主亲夫死后，又嫁后夫，不幸后夫流放岭南，她欲与后夫一同流放，过苦难生活，其皇兄却迫其再嫁，终不能同行，郁郁而终。而沧州少妇，贱为民女，却能婚姻自由，在前夫死后未满一年，便顺利再嫁。这次嫁的男人，虽然两年后又死，但是却让她自此发誓，再不他嫁，安心念着后夫，孤独生活。不懂之人，或会猜测她有克夫之命，所以才收敛身心，一人独行。也或推测她内心受伤，不能再经受其他情感波折，所以收起欲望，不再奢求。当然也会有好事之人，指责她前后言行不一，前夫去时，不足一年，便迫不及待再嫁他人，而今却矢志不渝，守寡多年，不免让人怀疑她的动机，或所谓的忠贞是假。

而沧州少妇的前夫，做了地下之鬼，也愤愤不平，千方百计寻了机会，附魂至邻居一位生病妇人，愤怒追问，为何甘心为后夫守节，却不为他守？若是此人未死，怕会千里迢迢找来，质问前妻跟他为何不能相爱相守，却对一个死去的男人念念不忘。男人的自私，是渗入到骨子里的，所以身体已消，灵魂不散，一路跟着前妻，追踪至此处，见她与后夫亲密无间，嫉妒吃醋，好不难过。如若真有死后世界，或许后夫之死，与此男不无关系，因他小心眼，将妻子当成私有财产，觉得他如离去，也必将带走这附属之物。可是生前他却不懂珍惜，像一个孩子，拥有时漫不经心，不理不睬，一旦被人抢了去，便被占有欲点燃，觉得那人或物，本应属于自己。

所以少妇前夫追来发问，映衬出的不是他的深情，而是小肚鸡肠和狭隘个性，想来这样的性格，也是促他早亡的原因，因不能豁达，所以斤斤计较，对人对事，皆不能释怀，以致郁结而死。少妇能一年内自主再嫁，足可见她个性中有与前夫截然相反的叛逆因子，所以听到前夫魂魄发问，丝毫不惧，毅然回他：你在世时不以结发之妻待我，生活三年，从未说过一句体贴温存之语，凭什么就要求我不再嫁人，为你一生苦守？而后夫从未因为我是二婚，有丝毫嫌弃，反而在结婚的两年内，对我恩深义重，情意绵绵，如此丈夫，我怎能不为他守住一生？你不自我反省，却来对我责怪，真是好笑！

这番指责，果然让前夫再无话说，悄然退去。而这个虽没有兰陵公主高贵身份的卑微少妇，也因此被载入文字，让人敬重她对后夫的深情，和在前夫死后，对自由情爱的大胆追寻，想来她个性中异于兰陵公主的不羁，方让她有幸得到一段弥足珍贵的深爱。

不过大多数时候，女人会更念旧，若是前夫对其深情厚谊，怕是嫁得再好，也难以将前夫踪影从心底清除。而之所以能够再嫁，或许，那个后夫与前夫有相似之处，能让她恍惚间看到过去男人的影子，也是原因之一。相比起男人，女人总是对情感更难割舍，若不是情非得已，不会将那曾经缠绵悱恻之人，无情忘记。即便再嫁如意，也会留出一点隐秘的空间，给那已经远去的旧人。而此时后夫在无意中发现秘密后，如何看待这个有过往情史的妻子，则直接决定了此后他能否守护住这段爱情。

有某公就恰好看上了这样一个痴情过去的女子，此女容颜秀美，举止优雅，个性亦温婉迷人。某公娶她之前，未必不知她曾经嫁为人妇的过去，只是如此温柔可人的女子，即便放在社会并不开化的旧时，也定有男人不介意她的过往身份，愿意娶进家门，全心爱之，当然，再嫁的她，也要一心一意与新夫相敬如宾。只是，谁能够完全揣测到另外一个人的心呢，更不必说男人是粗心的动物，看见此女常常独自静坐，凝神发呆，若有所思，也不过以为她是天性安静如斯，并不会多想。甚至时间一长，也便习惯了她如此孤独片刻的模样。

但一个相思中的女子，怎么就能完全遮掩得住脸上的悲伤呢。一日她假装身体不适，白天关起房门卧在床上，且不让任何人进入。某公好奇，将窗纸捅破，偷偷向室内窥望，竟见她涂脂傅粉，戴好首饰，穿好衣裙，将自己打扮一新，然后陈设酒果在桌，一副要祭祀什么人亡灵的样子。某公忍不住推门进去，盘问她在做什么。此女额头紧缩，似有为难，但还是整整衣饰，给某公跪下，将故事讲述给他。

原来女子过去曾是某翰林最宠爱的丫头，翰林将死之时，猜测身后夫人必定不会与她相容，并担心将她卖入青楼为妓，于是提前安排她离开府门。临别之时，翰林情真意切，不舍叮嘱她说：你再嫁人，我毫无怨恨，如果能够嫁得好人，我在九泉之下，更是欣慰，只是如此爱你，唯愿每年我的忌日，你可以在卧室里，靓装独自祭祀下我；若我的灵魂有知，一定会有烟雾缠绕在你的周围。

这样一个要求，看似对前人的祭祀，实则是在某一日，与他做心灵的相约。那一刻她的灵魂，只属于这过去的一个男人，她盛装等他，他亦千里迢迢，奔赴而来，用这阴阳相隔的片刻温存，来为过去他们的深爱，洗去尘埃。如果是心胸狭隘之男，听到这样的要求，定会勃然大怒，有被戴了绿帽或者遭遇背叛的羞耻。尽管那人已经去世，可是他怎么能够容忍一个美貌如花的妻子，躺在他的身边，却与他同床异梦，想着另外的一个男人？而且，这个男人是他永远打不败的情敌，除非，他也离开尘世，在另外的一个世界里，去寻那男人说理。

此女个性里的温婉美好，让她成为那个时代少有的幸运女子。某公不仅没有责备于她，反而同意她焚香祭拜。而那个已经死去的翰林，虽然知道有某公在场，依然用约定好的方式，用缭绕的烟雾，代替双手，抚过心爱女人的面颊，又从上至下，绕过她的身体，最后蜿蜒至足，方慢慢消散。那一刻心怀思念的女子，之所以泪流满面，或许，不只是因为翰林曾经给予过

她的深情厚爱，还有站在身后的这个男人，给予她一方自由的空间，深藏这抹思念的宽容。

温庭筠在《达摩支曲》一诗中写道："捣麝成尘香不灭，拗莲作寸丝难绝。"，这样的相思，虽在琵琶别抱、已负旧恩的时刻，只是那并未熄灭的一抹香气，尚未断掉的丝丝爱意，比起彼此相守却同

床异梦的夫妻，不知要好上多少。而那个容许身边女子身去心留的男人，比起旧人满蓄的深情，也同样不差丝毫。能遇如此豁达之夫，大约，也是前世修行。

平沙万顷，微动一念

武生王某所居住的地方有一废宅，常常有艳女靓装，登墙外视。想来此女狐并不是完全耐得住寂寞，她向往外面世界，希望逢到一个可以懂得诗词歌赋的男人，与其聊上片刻，否则，不会在深闺之中，独自攀墙窥视户外的世界，而且，还刻意地打扮一番。而粗豪有胆的王某，携被独宿废宅中，渴望那女子能够前来，缱绻艳遇一场。这样的欲望，对于大多数男人来说，并不过分，窈窕淑女，君子好逑，谁不想在寂寞夜晚，枕畔有一美艳温柔女子相伴呢？

可惜，王某一场渴盼，未能成真。夜半孤独，他在枕上自言自语：传说中的女狐，究竟在哪儿呢？话音刚落，窗外便有女子小声回道：六娘子知道你今日前来，特意避往溪头，看月去了。王某疑惑，带着一丝希冀，问窗外之人是谁？得到的答复有些失望，是六娘子的贴身婢女。王某失落中继续追问：为何单单避我？窗外人犹疑片刻，回他：六娘子只说怕见像你这样的腹负将军，但不知为何，也不懂其故。王某较真，每逢见人，便追问"腹负将军"究竟为几品武职，人皆笑他，被女狐取乐还不自知。

但人皆以为女狐调笑王某，未必真正懂得这名为六娘子的细腻心思。她若真的无情，不会托婢女之口，告知王某，不必等候，她胆怯于他。甚至，她的溪头看月，或许是某种暗示。王某如果心细，追往溪头，陪佳人一起赏月，岂不成全了这撩人月色，美景良辰？她的胆怯中，未必真的是因为王某没有学识，只是一肚子满满絮草的空壳。她真正怯的，是一靠近，就难以自拔，深陷其中；而这个勇敢前来的王某，想要的不过是一夜温存罢了。她不避别人，唯独避王某，恰恰说明她的心里，有过犹豫挣扎，但到底还是不忍，要派婢女告知她的去向。而那知晓秘密的婢女，或许是六娘子本人也未可知。否则，一个小姐，大约不会将如此细腻心思，一一道给身边的侍女。

百转千回，终于这六娘子还是将艳遇的心思止住，避开纷扰，独往那溪头，看月起月落，平息内心起伏。而那被人嘲笑了的王某，并不知晓在他蓬生的欲望背后，曾有怎样一个女子对于潮水般袭来欲望的克制与抵挡。康熙年间某孝廉男遇到的女狐，相比起六娘子，在定力上似乎还略逊一等。女狐是孝廉在崇山旅游之时遇到的，若放当下，旅行中遇到的文艺男女，最易生情，彼此一瞥，寥寥几句，便可知对方是否同路之人。若话不投机，各自散去，并不牵挂；若相谈甚欢，肢体碰触间，便生了情愫。而接下来的缠绵悱恻，也便如山涧清溪，顺流而下，了无障碍。

所以孝廉见女子溪边汲水，试求一瓢，其实试的是女狐之心。想来这画面美好之至，温婉女子，俯身汲水，水中照出她清秀容颜，而路过此地的男人，侧身看到，不觉心动，于是假意饮水，借此搭讪。而女狐听见脚步，无须回头，从被她的木桶弄得波光微漾的水中，便可见那背后之人，儒雅翩翩，是一学识丰富的男子。于是女狐在他的请求中，才会"欣然"将水递上，听他喉间咕咚咕咚饮水的声音，不觉心襟摇荡，并在他新的问路的借口中，又"欣然指示"。

一来一往，男女间的试探终于结束，孝廉邀请女狐一起坐在树下阴凉中，试图借助聊天，向彼此的心，更推进一步。而动了凡心的女狐，不仅没有半推半就地拒绝，反而愉悦坐下，依偎在孝廉身边。而两人所聊话题，也是诗词歌赋，颇为高雅。这对文艺男女，就这样借助于聊天与艺术，彼此打开了自己的心，当然，还有慢慢敞开的身体。身体离心的距离，说远也远，说近也近。男人女人，可以避开心灵，直接进入身体，且能欢洽无比。而如果借助心灵通道，再进驻身体，路虽曲折，却兜兜转转，也别有一番风趣，而这样的趣味，相比起前者直接的方式，要更为雅致浓郁，能让彼此离去之后，依然念念不忘，甚至为此千里迢迢，再续前缘，也未可知。

因此孝廉从女狐言谈举止间，尽管疑虑她不是田家粗妇，但因爱其娟秀，还是心生怜惜，宽衣解带，欲携其往更深处漫溯。如果女狐任那欲望蔓延，想来接下来便是身体欢爱。可就在这样通往欲望的转角处，女狐忽然起身，整好衣服，悔恨道：真是危险，差一点，我就功亏一篑，白白修行。孝廉不解，怨她为何忽然变得如此一本正经，失去昔日风情。而女狐则红脸羞涩道，她原本已经从高人学道百余年，且自认为能够抵达心如止水、不起波澜的境界；可是她的师傅却看穿了她，认为她心内依然有一丝情感妄想、如果不与某个眷恋的男人相遇也就罢了，一旦相遇，那欲念的种子，便会从平沙万顷中，借着爱的雨露，瞬间生出缠绕的枝叶。女狐不信师傅所言，是到此刻，真的遇到被此情投意合的孝廉君，方才发觉，在最初的一问一答中，已经微动一念；而此刻宽衣，已是不能自持。

孝廉大约还想挽留，可是那对他起了波潮、不能自持的女狐，早已斩断这再停留下去就会滋生蔓延的情思，纵身一跃，飞上枝头，如一只迅疾的鸟儿，瞬间失去踪迹。这样的结局，想来孝廉并未预料。

他只是一个凡尘中普通的文人，渴望一份途中之爱，慰藉疲意身心。偏偏，他遇到的是一只聪慧女狐，有红尘欲念，又有修行之心，所以也只能给他这样一程了无结局的相思。只是那被斩断的红尘一念，与那身心交融之爱相比，却也有云后月亮的朦胧，不能企及，却在心底，美好温润，永远珍藏。

选自《岁月》2017 年第 7 期

癫痫娘

■

李玉胜

癫痫，精神病科疾病，又名羊角风。病发时，精神错乱，瞬间口吐白沫，眼睛翻白，浑身抽搐，有知觉无反应。此病发病快，去病快，一分钟犯病，两分钟苏醒，抽完又恢复正常状态。

发病后身体疲软，此病治愈难，发病率高，情绪是致病因。娘患此病，相伴一生。

七十六年前，村里的一位拦羊大爷，急匆匆地从山上抱着一个不足月的女婴跑到了外婆家，大冬天自己穿着单衣，却用烂皮袄包着这个女婴送到外婆怀里说："贺家，这娃还活着，差一步被狼叼走，我听见哭声，就往过跑，此时狼也跑到她跟前，我拼命地攉着羊铲赶走了狼，从干草上把这娃抱起，知道是你家前几天送的娃，看她还睁着眼睛，不停地哭，我就抱着她往回跑。"外婆赶快给喂奶，一会这娃好了起来，外婆惊喜，外爷生气……

这个弃儿就是我的娘，因为出天花昏迷误认为死亡。由于受冷和惊吓，她得上了癫痫，大半生我听到的不是这个学名，而是乳名羊羔疯。

因为犯病，娘的童年遭遇到了太多的磨难，太多的不幸。上学不能正常，吃饭受姐妹们排挤，玩耍受玩伴欺负，心里阴影不断，娘一生天天哭的毛病可能由此而来。

苦难给了她坚强，不管别人怎样歧视，不管生存如何艰难，她始终不放弃活下去的勇气，泪水和苦水伴娘一生。但娘在追求幸福和自强不息的路上一路高歌，一路欣慰。

可能又是哭的原因，娘有一副好嗓子，十六岁时，娘唱的信天游《五哥放羊》《女孩担水》《卖菜》《南泥湾》秧歌剧《兄妹开荒》红遍十里八乡，当地民众剧团将娘偷偷地招为演员带走，那是剧团都在庙里唱戏，一年四季赶场下乡，地主成分出身的外爷坚决不让娘唱戏，说唱戏是伤风败俗，丢贺家人的脸，娘的天赋被扼杀，又回到村子，这次娘又犯病了，外婆记恨外爷，和外爷因为娘的事从此常像仇人一样吵架和打架，最后外爷斗不过外婆，总是让步。

十八岁这年，由于村里的小伙伴长期地欺负娘，娘的病一犯再犯，让外婆伤透了心，无奈之下，外婆让已经当上地区卫生局局长的外爷的五弟，我的五外爷把娘带走。为了保娘的命，五外爷把娘带到城里一边给她看病，一边介绍给当时的一家县食品厂当临时工。一个月的工资仅有十八元，对于娘来说，这既是活命的机会，又是改变命运的机会。娘是糕点工，拼命地干活。父亲也是临时工，和她同岁，从北面米脂县逃荒至此，处境比娘还差一倍。同病相怜，患难携手。娘和父亲恋爱，娘的心全交给了父亲，父亲对娘感激万分，也不嫌弃娘的癫痫病，喜结良缘，白头偕老。娘和父亲的婚礼很糟糕，婚礼戏剧般地差点成为"葬礼"。

外爷不同意这桩婚事，一听父亲是个米脂下来的穷小子，就火冒三丈，步行八十多公里路从村里赶到城里，点着香，烧着纸钱来到娘的婚礼现场瞎闹。父亲有些动摇，娘抱着父亲生怕外爷伤害父亲，并对外爷说："你今天就是把我烧死，打死，我也不跟你回去，我要追求属于我的幸福。"娘跪到了外爷的脚下，父亲也跪下，这时工友们也跪成一片。外爷无奈，生气地拍屁股走了，心里很不是滋味，一赌气四年没和娘来往。

此后，娘生了哥，遇上了大饥饿，灾荒使人的生存成了第一要务。又一次为了活命。娘一手拖着四岁的大哥，挺着腹中的我回到了外婆家落户，村里的传统原则上是不让嫁出去的女儿回到娘家村落户，在两个舅舅的求情下，外爷终于答应留下我们，但要在离村子很远的地方自己打土窑居住。眼不见，心不烦。

父亲坚持不回农村，再难也要当工人，从食品厂调到了离家十多公里地的养路道班当养路工。虽然离家很近，但长年公路施工，长年不在家，娘扛起了一切……

从记事起，一切生活都是娘在维持，父亲就是每年交一回口粮钱才回来。种地，种菜，养猪，养鸡都是母亲一人在干。

娘很善良，关键时刻总能挺身而出。娘生我时，正好二舅妈生下一对双胞胎表哥，舅妈奶水不够，娘只让我吃一只奶，把另只奶留给了两个表哥，和舅妈轮着喂养。父亲看到这很生气，娘就劝他说："都不容易，活命要紧。"父亲含泪为娘买了只奶山羊，让娘饲养好，用羊奶辅喂这些孩子们。

二爸去世，二爸唯一的儿子当时只有十五岁，可这时父亲已患上了严重的肺气肿病，娘背着父亲把二妈和二爸的儿子和小女儿雇车从几百里以内接到我们家，养了起来。后来又掏钱给我兄弟在城郊村落了户。看着弟弟成家，小妹出嫁。二妈去世后，娘又帮忙将老家埋葬的二爸又和二妈葬在一起，搬坟花了不少的钱，娘说："亲人是打断骨头连着筋。"

随父亲农转非到城里，还是娘创造了一切。在山坡占了土窑洞和地盘，现在变成了四合院。辛苦操劳二十年，拉扯大我们兄妹三人，在贫穷的年代，把我们都供到中学毕业，使我们有了工作。父亲中年后病情加重，又是娘伺候着有病的父亲，受尽了劳累。几次父亲因病受不了要轻生，娘劝父亲："你是一家人的支柱，你就是瘫在炕上，也是我们的主心骨和灵魂，有你这个主心骨在，我们娘几个才能活下去，家就不会散。"

我们家现招租的许多邻居，都是 70、80 和 90 后的小夫妻组成的一家三口，娘成了她们生活中的大总管，嘘寒问暖，看家、看孩子，娘会用偏方看病，也会求神送鬼，反正招数很多，只要靠自己的辛苦和智慧能帮助到别人，娘说她就幸福。

"房东娘""房东奶奶""房东老奶"是娘现在最新称呼，娘整天乐哈哈……

奇怪，娘的癫痫病后来再也没犯。

选自《雪莲》2017 年 10 期

感谢近视

■

刘家宝

我的眼睛高度近视，缘于我在初中时期的刻苦努力。刻苦努力除了使我顺利地考取了师范外，还使我不得不在面颊上"安装"了两扇小小的"玻璃窗"。妻珍藏的那方绒布就是我曾用来擦拭眼镜片的极普通的绒布。

妻名叫俐。师范三年，俐始终和我坐前后位，加上那时我们同为缪斯女神的崇拜者，所以，我俩结识不久便很快成了无话不说的好朋友。我们常从惠特曼谈到曹雪芹，从《少年维特之烦恼》谈到《围城》，更谈当时占据青年人心灵空间的席慕蓉和汪国真。课余，我俩常相约到阅览室翻阅书报；周末，我俩还曾一同欣赏电影院里新上映的名片。那时，我买的新书，大多是她先睹为快，而她买的零食则大半饱了我的口福。元旦联欢会上，我俩还饱含深情地为全校师生朗诵《四月的纪念》……

在那敏感的年龄阶段，俐如花的笑靥，苗条的身材，轻盈的举止很快垄断了我的内心世界，一颗爱的种子也随之在我的情感深处悄悄萌芽。上课时，我常盯着俐如瀑的黑发痴呆呆地走神；晚自习，俐若迟到或因事离去，我都会像丢了什么贵重物品似的魂不守舍，坐不安，站不宁，更没有一丁点儿心思去看书学习了；寒暑假，我总是感觉时间过得太慢太慢……

遗憾的是，丘比特之箭并未非常幸运地射中我。面对我频频传送的爱的信息，俐总是巧妙地加以化解，极有分寸地与我保持着一段距离。一段时间内，我痛苦、失望，却又是俐以博大的情怀呼唤我重新振作。后来，我决心将自己的才识展示给她看，于是先后有十几首小诗变成了铅字。当然，我会首先将我的这些"心血"和"骨肉"拿给俐看，但除了得到她真诚的祝贺外，还是没能赢得她的芳心。

更令我有危机感的是毕业时间已渐渐迫近，离别的脚步声于不知不觉中震响了耳膜。而这时有位别有用心的同学嘲笑我说："俐是害怕你那酒瓶底一样的眼镜片。"那语气，仿佛我因近视而一文钱不值似的。我不动声色地一甩黑发，回击道："近视有什么，近视有时也有近视的优势嘛！"

果然被我言中。就在毕业前夕那个火热六月中的一个周日，一位家离学校不远的同学请了十来个好友到家中做客，其中就有俐和我。午饭后，我们又一起去他家不远处的一座小山上玩。爬山时，几个女孩叽叽喳喳，脆脆的说笑声在树林中飘荡，使炎热的夏日午后为之清爽。俐更像出笼的小鸟，白色的连衣裙裹着修长的身躯，宛若一朵清纯的水莲花绽放在丽日中。

突然，"哎哟"一声，俐从一块山石上滑了下来，随即用手捂住了脚。我连忙奔了过去，俯下身，脱去俐的凉鞋，见她大脚趾划了一个大口子，殷红的血汩汩地往外流，染红了她白皙的手指。俐的脚需要包扎一下，但用什么呢？情急之中，我忙用手扶了扶眼镜，就在手刚触到眼镜的那一瞬间，我突然想起上衣口袋中擦眼镜片的绒布，忙掏了出来，轻轻地按压在俐的脚上。做完这一切，我才发觉俐明净的黑眸一动不动地注视着我，一股温情顺着她的目光流遍了我的全身。俐知道，我口袋里的绒布是专门用来擦拭被我当成宝贝似的眼镜的。

这之后，俐主动向我敞开了爱的心扉，我俩在毕业之际将爱之舟驶进了温馨的港湾。我劝过俐，让她把那块绒布扔掉，但她却说："是这块绒布彻底俘虏了我的感情，我要一直保存着它！"婚后，俐又将那块绒布用手绢包好装进一个精致的木匣中，放在梳妆台上，我清楚，俐是想让我俩每天都能想起绒布的故事，每天都能重温有关绒布的那段情！

感谢近视！

选自《杏花村》2017 年 4 期

一生一世

贺建军

　　一早，躺在床上，就听见媳妇在洗漱之后匆匆出门去了的声音。等她走了，我再起床，穿外衣时，发现昨天穿的冲锋衣上，新搭了一件羽绒服，不用说，这是媳妇找出来放上的。昨天晚上我和媳妇吵架啦，相互都不理。嘴上不理，心里却热热地惦记着，这就是夫妻。

　　媳妇是个心性简单的人，有事忍不住就要说，偏偏我渐渐地变成了慢性子的状态。这不，两个疲惫不堪的人，为点小破事，就顶杠上了。媳妇偏爱讲究卫生，在家里那可是天天扫地拖地擦桌子，哪怕是下雨天都要拖个不停，才不管地上湿漉漉的，我跟在后面再唠叨都没用。昨天晚上风雨飘飞的夜晚，顶杠的主题就是下雨天她还非要拖地。

　　回首往事，我和媳妇居然是因为在工作上的交往相识的，她在国企酒店做会议销售，我们单位恰好在她们酒店开会。在此之前，我和媳妇各自都曾经历过一场失败的婚姻，且是被伤害的一方。许是上天注定，时间正好能赶得上，我们相爱了，我们选定领结婚证的日子是 2013 年 1 月 4 日，取"爱你一生一世"的吉祥之意。

领完证的第二天晚上，我带着媳妇踏上北上的火车，在卧铺车厢里足足待了一天一夜，傍晚时分才到了冰城哈尔滨。

我们住在圣索菲亚教堂对面的如家酒店，在这冰天雪地的季节，室外室内温差足有近六十度。出门不及五十步，眼睫毛上结满了冰霜。好在我和媳妇身上捂得严实，仅仅把眼睛露在外面。哈尔滨的冬天着实吸引人，中央大街上到处是兴高采烈的游客。参观完著名的防洪纪念塔，我们来到千里冰封的松花江，这里是真正的冰天雪地。走在结冰的松花江面上，相互搀扶着边滑边走，穿越冬季的松花江果然别有一番情趣。登上银装素裹的太阳岛，参观了展示抗联战斗生活历史画卷的东北抗联纪念园，再走进百年前俄国侨民居住的俄罗斯风情小镇，领略异域风情……

还有没舍得去的地方，更让我们时时记起。媳妇一直是节俭的，记得当时我顺着媳妇的意思说——冰雪大世界那就是让外地游客花钱的地方，当地人都不乐意去，我们也不去。这英明伟大的决定，让我和媳妇省下了六百块钱的门票钱，为此，媳妇得意了好几年。只是前不久晚饭后在小区里散步时，媳妇说，当时真的要去冰雪大世界看看也好。我们又回放了一遍哈尔滨之行。

媳妇由小养成了节俭的良好习惯，我却属于"狗窝里放不住剩馍"的类型，一直大手大脚率性而为惯了，总得千金散去还复来，有钱就多花没钱就省着花。现在好了，我和媳妇的脾性一中和，节俭与奢侈和谐共存。

媳妇最大的奢侈一般是花在天猫上的"双十一购物狂欢节"里。

而这 11 月 11 日，原本是 1986 年我去当兵的纪念日，愣是被鬼点子奇多的马云先生整成了双十一购物狂欢节，这位马云先生，果真不是凡人。

有一年双十一买的户外速干衣，北脸，鼎鼎有名的国际品牌，原价 699 元，折后特价买到手 299 元，划算。样式面料品牌舒适度任哪样都好，唯独小了一号，媳妇穿在身上太紧绷了，显然不妥。当初买的时候，我就和媳妇说过——你身高一米七八，千万别买小了。人家模特是冬笋，娇小玲珑，你是春笋，饱满大气。话说到这份上，用语言打击到极致都没用，她非要选择 L 号的。

节俭的媳妇心疼这钱花得冤枉了，叹着气把衣服叠好收好。好在过了两年小屁孩儿（女儿）长大了，身高迅速蹿到一米七，这件衣服穿着正合适，夏天里穿，风能透得进去，甭提有多凉快啦。小屁孩儿穿着这件衣服，美滋滋的。

与小屁孩相遇是在 2012 年，命中注定，不遇都不行——我和她亲爱的妈咪要结婚了。那年春天她不满八岁，时常躲在家人后面，一副怯怯的样子。就这样，我和小屁孩彼此闯入了对方的生活。

家里只有一个拳头大的小皮球，我陪着她简单地踢来踢去，即便如此，小屁孩还是开心极了，咯咯地笑个不停。显然，这是个缺少关心缺少爱的孩子。离异家庭中的孩子，心理上会有看不见的阴影，需要父母用心发现，小屁孩那时不时还会偷偷地看大人神态的表情，让我心酸。

自此之后，只要有空，我就带她去电影院看动画片，去图书城买阳光姐姐的书，去省艺校学舞蹈，去新天地吃张正麻辣串，经过如此这般"拉拢腐蚀"，渐渐地和我熟悉了，也不再拘束，我喊她"小屁孩"，她就喊我"大屁孩"。

媳妇看着我和小屁孩儿的和谐相处，背地里没少和人夸我。我一直和媳妇说，教育孩子要言传身教，且身教重于言传，潜移默化中点点滴滴的教育就像春雨润物细无声。

有一回小屁孩儿理亏还犟嘴，遭到俺媳妇大声训斥——"你再讲一遍！"小屁孩儿嘟噜一句，她再大声训斥"你再讲一遍！"配合着巴掌高高举起。我在一旁看书，默默数着，如是者九次。天哪，天哪，喊了九次巴掌都没落下去，你以为你演小品呢。我心里偷着笑脸上还得绷着，起身打着哈哈才把她俩的这场战事取消。

媳妇只是嘴上厉害，嗓门还大，其实内心柔软着呢。天冷的时候，我们一家三口上街，媳妇过十分钟就要问小屁孩——孩纸，你冷不冷？把帽子戴上？我搁边上都听得嫌烦，更甭说小屁孩儿翻眼撇嘴做鬼脸了。

说到穿衣，以往，媳妇是看不上户外运动休闲的衣服，尤其见不得我穿得过于休闲，总觉得不正规。就拿我爱穿卫衣来说吧，除了夏天穿 T 恤或是速干衣，其他季节里，我的卫衣是不离身的，衣橱里足有十多件。

自打媳妇试穿了几次卫衣后，渐渐也是爱不释手。舒适，尤其是无束缚，全然放松的感觉，让媳妇打心眼里从接受到喜爱。媳妇接受了穿着上的自在舒适，也渐渐接受了我带她户外旅游的消费观念，时不时地两人就来一场说走就走的旅行。

媳妇擅长晕车，除了她自个儿骑自行车之外，好像坐啥车都晕，乘坐长途汽车那是自不必说，公交车赶上门窗紧闭时候也不行，坐个出租车吧，大冷的天也一准儿要把车窗降到最低，整的司机师傅暗暗憋嘴。天上飞的飞机和海上航行的大轮船，咱都不敢带她尝试一番。

且不说这些，媳妇还有晕火车的时候呢。就是那次从哈尔滨回来坐动车经天津转高铁回合肥，上车时室外温度还是零下三十多度，候车室温度没多温暖，哪儿想得到上了火车静下来之后才发觉不对劲，温度估摸着能有二十度，咱们可是穿着厚实的冬装啊。脱呗。上衣还好办，抓绒裤保暖裤可就不方便了，被"保温层"严严实实地捂着，媳妇又开始晕车了。

好歹熬到天津站了，从火车上一下来，媳妇踏上坚实的土地深深地连续呼吸了好几次新鲜空气，依旧绵软无力。我一手挽着比我个高的媳妇，另一手挎着四五个大包小包，俨然是刚吃完菠菜的大力水手般威武雄壮。怎么样，咱大老爷们也有很 MAN 的时候吧？

这几年，我在办公室常和同事们说得最多的一句话是——"再讲吧！"当然啦，这话大都是开玩笑时候说的，强调事情的未置可否。这三个字的出处，就在俺媳妇那儿。我们刚生活在一起时，有事问她，媳妇基本上都用"再讲吧"搪塞我。哪里有压迫哪里就有反抗，等她问我问题时候，我也及时准确地回答她这三个字，她这才反应过来"再讲吧"貌似有些不对劲。从此，在我们家里，媳妇再没说过这三个字，倒是我和小屁孩儿，常常以此逗她玩。没想到，这三个字移植到我们办公室，不但"杀伤力"极强，还被同事活学活用并升华到炉火纯青的地步，成了活跃气氛的开心丸。

爱，不是靠成天挂在嘴上。人生不过百年，有啥想不开的。祖国大好河山锦绣壮丽，没去过的地方都值得去。节俭的媳妇在我的大力开导下，渐渐加入了为中国大旅游事业添砖加瓦的行列。只要得闲，乘坐高铁出门逛逛是件惬意的事。寒暑假里都是带着小屁孩儿一起，其他时间俩人一同携手逍遥信步神游。以合肥为中心点，东游南京上海苏州镇江扬州，西逛武汉长沙成都，北上天津北京哈尔滨，南下池州福州厦门，基本上都是我安排行程上的吃住行游购娱等等一切，绝不偷懒跟旅行团一起，完完全全的自由行。想吃好的，来顿大餐未尝不可，觉得花多了想省着点儿，吃碗牛肉面照样填饱肚子。就说这面条吧，皖南的焖面、南京的九鲜面、镇江的锅盖面、武汉的热干面、老北京的炸酱面、西安的臊子面、成都的担担面、肥肠面……各种各样的面林林总总，花样繁多，成为我们追忆美食时的难忘记忆。

其实，带媳妇去玩的城市，大多我都去过。之所以要带她看世界出门多长见识，是有典故的。那是结婚领证前的夏天，带媳妇去北京玩儿，知道媳妇节俭的脾性，咱尽量不多花钱，显示一下咱也是会过日子的大老爷们。逛完天坛、王府井往天安门广场去的时候，我指着故宫博物院对她说，这是故宫。她的回答让我大吃一惊——故宫不就是那堵墙，墙后面好些间房嘛。啊，俺媳妇真是读书读傻了，我刚认识她的时候，她业余时间在学法律，居然还要考律师资格证，那多难考啊，而且和她工作没一毛钱关系，我果断制止了她的无效学习。听完她的话，我拉着她赶紧去故宫售票处排队买票，让她见识见识坐拥殿宇宫室 9999 间半房的故宫到底是咋样的规模。

果然是爱学习的好同志，媳妇进了故宫后，哪哪儿都瞧得仔细，还兼收并蓄蹭听了好几位导游的讲解。看完听完游完之后，媳妇对我说，故宫真大真宏伟。

每每媳妇掰着手指头算着下趟行程要花多少多少钱，面露不舍表情的时候，我只要说"故宫不就是一堵墙嘛"，媳妇就不吱声了。

媳妇的纠结是全方位的，看见太阳出来就惦记着晒被子又担心下午有没有雨，看个电视剧能为里面的人物纠结感慨，餐桌上掉个饭粒子她要马上清理，再就是我在厨房里热火朝天炒菜的时候，她能好意思叫我抬脚让她拖地。更多时候是在工作上遇到的纠结，只能由她自个儿面对，咱最多帮她剑走偏锋出些点子。媳妇在老牌国企大酒店做会议销售，连续多年被评为先进，成天忙乎得很，晚上大都要把会议人员安排好就餐后才能往家赶。有同事就问她，你这会儿回去买菜做饭还来得及吗？媳妇就和同事说，我家老贺不让我进厨房，说我做得不好吃，连红烧肉都烧不好，只会下个西红柿鸡蛋面，里面还没肉。同事听完说——你真幸福！我老公咋不这样嫌弃我呢……

　　厨房基本上是不让媳妇进的，洗个菜都要戴上橡胶手套，即便偶有赤手上阵，忙好后还要抹啥护手霜，饭菜烧的都不咋样，我真不乐意吃，除了周末一早的西红柿蛋蛋面还凑合些，那也是包含着我可以在床上多睡会懒觉的缘由。

　　咱可是单位里和同学圈里著名的资深吃货，不仅仅是会吃，还会做，往往是在外面品尝了一两回好吃的菜肴，回到家里随意试试手，就做成仿真版的啦。任它是煎炒熘炸炝，尝过的人都说好。你看，就咱这牛掰手艺，哪能吃得惯媳妇做的既不好吃又不中看的菜啊。咱用空气炸锅炸的土猪肉排骨、微波炉做的香辣牛肉干、电饼铛煎的鸡蛋葱花薄饼，以及各种偷师学艺得来的胡适一品锅、新疆大盘鸡、湖水炖湖鱼、麻辣小龙虾、松鼠鳜鱼、川味火锅，不光是媳妇爱吃，咱家的小屁孩儿更爱吃。有我掌勺，全家欢笑。

　　古往今来，有多少贤伉俪相亲相爱携手一生的佳话被人传诵，哪是我等平头百姓所能及，只能望其项背顶膜礼拜。咱选的日子是201314——爱你一生一世，就是对爱最朴实的承诺。不会说"冬雷震震，夏雨雪，天地合，乃敢与君绝"这样的誓言，只愿与媳妇一生一世，一同携手走过。而路途中的风雨坎坷，就如做菜时的调味品，只会为人生平添意趣。

执子之手，与子偕老。一生一世，便是爱。

选自《未来》2017 年 2 期

一地鸡毛（外一篇）

■

周晓梅

　　五年前，几经周折，倍受伤害的菲带着女儿终与前夫解除了婚约。那是一个秋天的早晨，菲心灰意冷，神思恍惚，梦游般来到她熟悉的校园，她还无法一时从深深的痛苦中脱离。她缓缓柔弱地飘移，从教室到图书室，从办公室到食堂……一直，却感觉到他炙热目光无处不在地追随。

　　这是束特别的追光，火焰般炽热，又海洋般深沉。菲不想回头，也不敢回头，虽然，她明白他的深情，他投射给她的怜爱与心痛。可是，她不愿成为这个偏僻小镇插足绯闻的主角，被人们误解和责难。何况，她并不爱他，在她的心中，他只是一个善良、正直而勇敢的男人，一个可以作为朋友的同事。尽管她知道他有个不幸的家庭，妻子仗着娘家的权势，强悍而霸道，他们的婚姻也早已风雨飘摇，离婚起诉因为女人的傲慢与蛮横，至今还存放在法院。

每天，她依旧上班，视而不见他的关爱，比如，他为她默默打扫的办公室，他给她泡上的馨香绿茶……甚至，不给他一个感激的微笑，拒绝一切与他独处的机会。她以为，这便可击退他所有沸腾的热情。可是，她低估了这个男人。在他执着而倔强的眼睛里，他的爱终会像火山般喷发出炽热的熔岩，在震撼魂魄的瞬间，将她熔化，直至淹没……

一切如冥冥中的安排，充满着非常的宿命。月黑风高的夜，他将她善意骗到清冷的山野，在又一次得到她坚定的拒绝后，他毫不犹豫地拿起石块，朝自己头上砸去。血顺着他的脸颊"汩、汩"而流，他却毅然决然地悲语："菲儿，答应我吧，答应我，没有你的爱，我会死去！"她吓坏了，赶紧把他送到医院，也从此，被动地接受了这个用生命去爱的男人。

其时，他与妻子已经分居，并向法院递交了二次离婚起诉。她还是隐隐地愧疚与担忧。一面承受着他火热的爱，有生以来最纯真最甜蜜的爱，被他引领着在爱的浪涛里激越，奔涌，一面总是在他的怀抱中，在午夜时会突然地惊醒。她不知道，这次的选择将又给她带来怎样的命运。

事件的发生没有任何前兆。那个寒冷的冬天，菲刚上完早读，一走出教室，就看见他的妻子——她仇恨而阴险地笑着，手中牵着他十岁的儿子。"看，这就是骗走你爸爸的坏女人！"她愣住了，还没有做出反应，那个女人就迅速揪住她的头发，对她拳打脚踢，不堪入耳地叫骂，而他的儿子，那还是个天真未谙世事的孩子啊，也在他母亲的教唆下，做了小小的帮凶。

菲没做任何的反抗，木偶般任其凌辱，做了那个女人发泄愤怒的无辜牺牲品。幸好老师们闻讯赶来，拉开了那个疯狂的女人。可是，她的心已深深受伤。她视同生命的声誉已被玷污。深思熟虑之后，她说："我们分手吧，再也不要来往！孩子需要完整的家！"什么？分手？如晴天霹雳，他死死攥住她的手，拼命地摇晃，害怕她倾刻间天使般飞去。

最后，菲终又感化在他缠绵炽热的爱中。不过，经历了那场风波，她平淡冷静了许多，心中总有挥之不去的阴影。而他的激情似乎也渐近消退了，因为无休止的离婚大战，孩子的拖累，沉重的教学任务，在沸腾的激情燃烧后，他猛然发现，生活已填得太满，自然，对菲也就没有太多的时间和精力来呵护与爱了。

这使菲感到深深地失落。他原先给予的爱太浓太厚，令她几乎窒息，而现在，当爱已成为她生命的养分与生活的习惯时，她却感觉到爱正渐行地远离……

经过反复思索，菲想，罢了吧，结束这段情缘许是对双方最好的解脱。她再也不用背负骂名，而他，终有他自己的归处。

当听完菲的决定，遭到了他再次强烈的拒绝——"不，不许你离开我，你是我永远的爱人！"他愤怒地咆哮，不管不顾地叫喊，那纯真火热的爱，又深深地将她击溃，菲终又留在他的身边。

然而，随着交往的加深，原先被忽略的双方个性及文化差异渐显山露水，俩人之间出现了摩擦。开始，他还迁让着菲，但许是工作及生活负担太重，他渐渐变得烦躁，暴怒与脆弱，这使菲不能接受。从前那个宽厚、大气而热烈的男人去了哪里？于是，争吵成了他们的家常便饭，而猜疑是他们彼此伤害的最大杀手，他们的感情一天天淡漠。有时十天半月也互不理睬，即使是工作上的联系，也尽量相互回避。

有天深夜，菲实在无法忍受他的冷漠，她打了 N 次电话，竟然不被他接听！这可是从来没有的事。伫立在阳台，遥望墨黑如漆的天空，种种委曲，痛苦，孤寂与忧伤潮水般卷袭而来，她不禁无声泪流……

虽然事后他解释说他太累了，睡得太沉，可菲觉得这并不重要了。她忽然明白，他们的爱已枯萎，没有了激情的滋润，也就失去了丰泽与娇艳，她只能一天天痛苦而绝望地看着它的凋谢，却无能为力。她甚至后悔与他演绎了这段情缘。如果没有他的出现，也许，她已有美满的归宿，至少，她的生活不像现在这样一地鸡毛罢？

缘分与爱情

他站在演播台的中央，被各色锃亮的影视镁光灯聚焦，被全场的嘉宾聚焦，被荧屏前亿万观众聚焦，淡定且从容地微笑着，那张与其年龄及阅历不太相称的娃娃脸，或许因打拼而操劳过度显示出几分疲惫。蓬松的卷发随意散乱地铺展在他的头顶，使他看上去有些瘦削有些因平凡而生的温和。

虽身着银灰色西装，由于没有系结领带，从敞开的白衬衫领口间隙，可见他围绕在颈部的一段黑丝线，它引领延伸下去许是块美玉或饰物挂件，据此窥测，他该是个拥有生活品位与情趣的优秀男人罢？

这是一档全国闻名的婚恋交友栏目，和诸多青年男女一样，他怀揣着对爱情对幸福的美好憧憬与向往，在亲友团的陪伴和鼓励下，将他蓄积已久的饱满情感，渴望在这个美丽特别的夜晚，以一种炽热浪漫的方式，倾泻给一个让他心动的女孩。他固执地以为，因他们之前美妙的机场邂逅与奇特的不谋而合之参与节目的目的，她定是上苍惠顾而安排到他身边的天使，她定是他心中久久寻觅的知音爱人，他愿意为之守护一生的娇美新娘。

所以，从登场开始，他就那样自信而恬静地微笑着，脸上溢满着他期望的只有节目结束后人们才知晓读懂的镇定与欣喜，并隐有约会中情窦沸腾的男孩对即将赴临恋人热切期盼的渴望。当现场三分之二的佳丽为他亮着灯同时也闪亮着含情脉脉而顾盼生辉的美目时，他并没有表现出特别的兴奋与骄傲，在主持人用连串的赞语而渲染营造的现场热烈氛围里，他始终淡然地笑和应答，直到按规则请出最后两名佳丽与他心中倾慕的女孩。

让人稍稍讶异和不解的是，那位被他选定的心动女生并非有超凡的容貌与气质，站在左右窈窕佳丽之间，倒显得有些微的拘谨和羞涩。彼时，他应节目要求向她们征询对某个问题各自的观点，以助做出真正适合自己人生伴侣的选择。他问的是极其普通关于夫妻共患难之题，至此，不得不信服他选定她的理由——三人之中，唯她回答得最为真挚感人而落落大方！她的贤良，她的朴实，她的温婉，她的聪慧，使看似平淡无奇的她瞬间周身散发出动人的魅力，如璀璨的明珠于黑暗的背景里刹那闪烁出耀眼的光华！顿时，现场里爆发出热烈的掌声！这掌声似乎也感染和鼓舞了他，看得出，他的眼神更自信了更坚定了，他深情的目光已完全心无旁骛地投向了她……

或许是他和她真的有缘无分，抑或是这种众目睽睽之下特别的择偶方式扰乱了她的心境，又何况她彼时彼刻正承受着亿万目光的关注，当他动情地描述他与她就在昨天因航班误点而在机场奇特的相遇时，当他激动地表达他见她有缘结前生的幸福归属感时，出乎所有人的意料，不，简直让所有已为他们默默祝福的人们大跌眼镜——她竟然拒绝了他！平静地拒绝了他！然后，看见她，那个长发如瀑，裙裾飘扬的女子，对他歉意地笑了笑，在他痛苦失落的表情里，在人们不解惋惜的叹息中，款款离去……

如果不是刻意地炒作以扬名，以对幸福追寻之普通惯常思维，那么，她该会接受他的爱情而与其携手，因为，他属各方面较为成功的男人——房子、车子以及正蒸蒸日上的事业，最重要的是他言谈举止中表现出的谦逊与儒雅，他对公益事业的热心及自然流露出较强的社会责任意识……这些元素足以使他渐近完美男人，简直是当今滚滚红尘中真金不换的钻石王老五。但她最终却未接过他伸出的爱之有力手臂！

如此，爱情或许真的不需要任何理由。正若张爱玲曾言："在时间的旷野上遇见那个人，没有早一步没有晚一步。"而"那个人"必是在他们相遇之际，令她忽心生涟漪且情不自禁，彼此因"惊鸿一瞥"而终生铭刻，有电光火石般的灿然绚丽并将演绎一段绝美惊艳的爱之传奇……

选自《鳄城文学》2017 年 3 期

爱情的两个比喻

■
陈
峰

一

晨起烧水，水开，倒入热水瓶中。怕冷得快，把盖子塞得紧紧的。自顾洗脸，冷不防盖子"砰"地突然弹出来，跳到地上，吓得人一个激灵。再盖，稍稍用一点力，*"滋滋滋，滋滋滋"*，像装了一肚子怨言，说个没完。

随手一盖，终于妥了。

突然觉得，这情景跟爱情有得一比。一方管得越紧，另一方必然会反抗得越厉害。听到过这样的故事，老公很喜欢管老婆，老婆外出和闺蜜吃饭，屁股还没坐热，老公的电话来了，接了，说个没完。不接电话，就微信，微信不回，就 QQ，QQ 不回，又电话，如此反复，这饭，怎么吃得安生。还有更厉害的，你不接电话是吧，那好，老公火速赶来，看看老婆到底跟谁一起吃饭？看清楚是女性后，他优哉游哉选另一张桌子，一个人也坐那里吃饭，用眼神告诉你，他这样做是为了保护你，现在的世道坏人太多了。

这样的日子，迟早会像热水瓶的盖子，弹出来吓你一跳，弹得次数多了，这热水瓶哪里还会保温。两个人相处，就如同热水瓶的盖子，盖得过紧，另一方不免窒息，不妨随意地盖下去，给对方留一点空间，也是给自己留下空间。一方外出时，送对方一个微笑一个拥抱，提醒对方少喝酒，早回家。这样的做法，是对方需要的，哪怕没表达出来，心里也是极感激的。

二

年至不惑，蓦然回眸，前行的那些日子已渐渐倒退成一幅幅画面。

明白了，爱情，本很寻常，只不过世上的诱惑太多，便成了稀罕。年轻时的爱情，因盲目因意气用事，像一杯鸡尾酒，掺杂太多附加物，口味辛辣，翻江倒海，尝一口吐一口。四十岁的爱情，因经历过沧海，便发酵成一杯家酿的米酒，好喝不上头，尝一口品一口，绵长有味。

很多人认为爱情到了最后就是亲情。其实没有爱情怎么会有亲情。许多年来，两个人吵了好，好了又吵，你无法改变我，我也无法改变你。两个人像两条缠绕不清的线，合久必分，分久必合，孩子的降临渐渐变成了三角形。三角形，是最稳固的形状，渐渐地，两个人成熟起来，从最美好的青春携手走到了现在，尽管这个过程充满了太多的风雨，风雨中也有太多不堪回首的往事，但这些共有的回忆会是两个人一生的财富。

随遇而安，这是最好的，对爱情，对生活都得如此。年轻时，以为爱一个人就该以一个人为中心，稍不如意，哭闹撒泼，不留情面。对方外出，最好随行。对方应酬，最好汇报所有的细枝末节。对方通话，最好装个扬声器，洗耳恭听。时刻把爱挂在嘴上，口口声声说爱，离不开对方，让对方没有空间呼吸，最好变成装在套子里的人。

把一杯辛辣的鸡尾酒调成一杯养人的米酒，这需要时间，生活教会我们许多道理。回顾所来径，苍苍横翠微，当两个人垂垂老去，一起牵手，目之所及，情之所融。

选自《作家文荟》2017 年 1 期

两
个
人

■

舒
小
波

　　两个人能够走到一起，要看上天注定的缘分。老天爷安排在某个时刻，某个地点让两个人相遇，又让某时某刻让两个人开始相爱。

　　爱情从缘分开始，有了缘分，就要真心地对待对方。谁都不傻，感情里掺杂多少虚假和伪装我们都能够感应到。只是有时候太喜欢了，不忍心去面对不喜欢的那部分。寻找蛛丝马迹来证明他是爱我的？可真的喜爱需要证明吗？那轰轰烈烈汹涌澎湃朝着整个身体飞扑而来的感情浪潮，遮都遮不住。

　　眼里的光，嘴边的笑，心底的甜蜜，压抑的热情和猛烈跳动的心，不可遏制得想要厮守，想要拥抱亲吻，想把彼此揉进身体里，那才是爱情。

　　从最原始的情感触发和表达，爱情往往被人们掩盖装饰和伪装。面目变得似是而非，而最终两人还是会明白，爱情在生活的轨迹上总是闪动着最诱人的光芒。历经千百年来的考验和尘世凡俗的尘封，爱情仍是两人心底最透明和深重的地方，需要彼此呵护，需要精心守候。而所有的爱它的出发是心，它的力量是无穷，它的结局是牵扯。

爱的错和对都是相对的。

该和不该又是选择的。

完成一段感情是对自己的一次成长，而放弃一段感情，也许就是对彼此的不满。

有什么比爱情中的不回应更加冷漠。

但没有发自肺腑的内心力量，爱的回应又是何其软弱。不爱的终究是不爱，费尽心机抢来的，那比回光返照还要短暂，死亡就在眼前。

被鄙夷的爱情它不值钱，至少在那个人面前不值一文。于是会选择痛苦地割舍，如同割肉，剜去心头的肉，滴血滴泪，因为冷了的心，比石头还硬。

爱情这东西，有时候变化得千奇百怪。对不同的人它有不同的样子。我们都把爱塑造成自己想要的样子，任由它自私或者宽容，明白或者糊涂，只有怀揣在心里的那个人，才最明白。爱又是小心和脆弱的，爱对人，放对地方，我们需要给它健康的环境和茁壮的理由，这才不枉费两个人用心血浇灌的执着。

护住心脉，护住爱情。那珍贵的舍不得拿出来的东西，只可以给同样视你为珍宝的那个人。若他不爱，而你又有一团热烈的心，那么，只有自己把它看护住，因为那是自己心头的血，轻易怎可赠人。

爱情是人间四月天，是轻轻地我来了。

爱情是云雀叫了一整天，是车马邮件都慢日子里，一生只爱一个人。

选自《作家文荟》2017 年 1 期